Home, sweet home.

吉田ナツ

Illustration
高峰 顕

B-PRINCE文庫

※本作品の内容はすべてフィクションです。
実在の人物・団体・事件などには一切関係ありません。

CONTENTS

Home, sweet home.

自分の見た夢の話を得々とするやつがいるが、あれはいったい何なんだろう。火星で花壇《かだん》を作ったとか、六本木のクラブで関取《せきとり》と踊ったとか、現実とは関係のない夢の話なんか、聞いたって面白《おもしろ》くもなんともない。

だから俺は夢の話は絶対しない。

真っ暗な湿った空間に閉じ込められて必死で助けを呼ぶような夢の話、聞いても面白くないだろう。

1

目が覚《さ》めたら知らない部屋の知らないベッドの上で、夕べの記憶は曖昧《あいまい》、なぜか服は着ていなくて、——というのは普通の人にはどのくらいの頻度《ひんど》で起こることなんだろう。

俺の部屋の天井《てんじょう》は、古い和室にありがちな妙な木目《もくめ》のもので、隅《すみ》には猫《ねこ》の形の染みがある。こんな真っ白のクロス張りじゃないし、第一高さが違う。高い天井ってのは気持ちのいいもんだな、とぼんやりそんなことを考えた。

ここはどこだっけ、夕べは何があったっけ——映画や漫画なんかではよくあるが、実際には一生に一度あるかないかのことかもしれない。俺にはままあることだったから、こりゃドコだ、と思いながらも、全然驚いていなかった。しばらく真面目《まじめ》に会社とアパートの往復をしていたが、その前にはしょっちゅうあったシチュエーションだ。

まだ夕べの記憶は戻らないが、どうせ隣《となり》にはそれなりの好みの男が寝てるかシャワーの最中かだ。男。そう、俺がベッドで寝る相手はいつでも男だ。例外はない。

深酒《ふかざけ》の挙句《あげく》に見知らぬ男とベッドまで、というところまでは予想できることなので、二日酔いの頭痛に備えて俺はゆっくりと頭をめぐらせた。二日酔いの時によく見る、あの夢は見なかった、それだけはラッキーだ。

ダブルサイズのベッドの隣には、誰もいなかった。頭痛の気配はないので、思い切って半身を起こした。意外にも頭は痛くならなかったし、むかつきもない。二日酔いの症状は記憶がないことだけだ。そしてやっぱりここはまったく知らない部屋だった。それもかなりゴージャスな。

二十畳ほどの広さの部屋はグレーのカーペットが敷き詰められ、観葉植物がセンスよく配置されていた。壁際にはキャビネットと、かなり本格的なトレーニングマシン。反対側は対面式のキッチンスペースになっている。窓の向こうの景色から判断すると、高層階の部屋らしい。

金持ちの男を引っ掛けたんだな、と他人事《ひとごと》のように考えながら、しばらく窓の外を眺《なが》めてぼんやりしていた。いい天気だな、と思ってからはっとした。

「やべえ、遅刻かも」

時間がわからないが、空の色から早朝というには無理がありそうだ。とにかく服を着よう、と慌ててベッドを下りると、ほぼ同時に部屋のドアが開いた。

「起きたの？　おはよう」

「あ――お、はよう」

　現れたのは、思ったとおり、好みのタイプの男だった。小柄《こがら》でほっそりしていて、黒い髪、黒い瞳、優しげな顔立ちで、まったく俺はこのタイプに弱い。右目の下に小さな泣きぼくろ。たまらなく色っぽい。

　こりゃ夕べは相当はりきったんだろうな、と自分のやわな記憶力がふがいなかった。こんなに好みの美形と寝て、忘れるなんてもったいない。

「ごめん、俺今日仕事なんだよね。帰らなきゃ」

　ここは彼の部屋なんだろうか。ここに来るいきさつもやりとりも忘れているが、自分の部屋に連れて来るくらいなら「もう一度」の可能性はある。遅刻だ、と焦《あせ》りながらも目の前のご馳《ち》走《そう》にも未練たっぷりで、俺は曖昧に笑った。

「えーと、俺の服、どこかな」

　昨日。昨日は会社だったからスーツのはず。

「服は着なくてもいいよ？」

「え？」

　彼は優しく微笑《ほほえ》んで、俺の前に立った。年齢は俺よりも少し上――二十五、六くらいだろう

らしい。

か。この手の顔は若く見えるから、もしかしたらもっと上かもしれない。俺は逆で、実際は二十二なのに二十代の後半によく間違われる。そして黙っていると思慮《しりょ》深く、落ち着いて見えるらしい。

残念ながら俺はアホで軽率《けいそつ》で、だから高校を辞《や》めてからこの年まで、ふらふら割のいいバイトをわたり歩いて、やっと半年前、心を入れ替えて就職したのだ。

まともな職歴もないのに、そう大きくはないものの、ちゃんと福利厚生もある会社の正社員になれたのは、本当にラッキーだった。だから必死で働いた。おかげで入社一年目社員の販売記録を更新して、社長賞までもらえたのだ。しかもよく考えてみたら今日は店頭販売日。遅刻なんかしてる場合じゃない。

「あのさ、俺、今日会社なんだ。よかったら今晩、また会えるかな」

彼は俺を見上げて華やかに微笑んだ。当然だけど、見たことのある顔だ。ただ、昨日引っ掛けたとかの記憶じゃなくて、もっと前から知ってるような気がする…どこかで顔見知りだったのを口説《くど》いたのか？　はっきり思い出せないのが気持ち悪いし、彼にも失礼だ。行きつけの店の常連、コンビニでよくかち会う客、必死で記憶をたぐったけど、やっぱりダメだ。

マッパの俺に対して、彼のほうはきっちりスーツを着込んでいる。俺にはよくわからないが、ずいぶん高価そうなスーツで、きっと彼も出社するところだろう。一緒に出て、夜に待ち合わせて「もう一度、君と出会い直したいな」――得意の気障《きざ》な台詞《せりふ》を考えていたが、とにかくす

っきりと出社の用意ができている男の前で自分だけ全裸《ぜんら》、というのが間抜けで、早く服を着たかった。

「俺の服、どこ？」

口説くのはそのあとだ。さっきと同じ質問をした俺に、彼も同じことを答えた。

「いいんだ、着なくて。必要ないし」

「は？」

必要ない、とはどういうことだ？

「君はこの部屋から出られないから、必要ない」

「出られない…？」

意味がわからなくて、ぽかんとして彼の顔を見詰めた。俺が無駄《むだ》にでかいせいもあるけど、彼は小柄だからかなり目線は下になる。

「僕が出さないから」

にっこり微笑むと、彼は俺の前に紙きれをぴらりとかざした。

「サインしとく？」

「あっ？」

退職届、という文字が目に飛び込んで、続いて「一身上《いっしんじょう》の」という決まり文句のあとに瀬《せ》尾隆文《おたかふみ》、と俺の名前。

「冗談《じょうだん》じゃねーぞ、俺は辞めたりしねえ！」

考える前に手が出た。伸ばした手に、彼はさっと退職届をひっこめた。

「仕事、そんなに好きなんだ？」

「好きとかいう問題じゃねーよ、命かけてんだよ。せっかく売り上げのコツつかんで、これからだってのに」

売り上げ、と言った瞬間、突然スイッチが入った。社長賞、金一封《きんいっぷう》に乾杯《かんぱい》の音頭《おんど》、面白くなさそうな先輩社員と、――ふいに目の前の男が記憶から蘇《よみがえ》った。そうだ。夕べは会社の表彰会があって、そして、この男、こいつは――

「専務、じゃねーか！」

「思い出したの」

意外そうに言われたが、好みのタイプだ、忘れるわけがない。専務なんかふだん平社員には顔を見るような機会ないから、確か面接の時に会って以来だった。「おめでとう」って隣に来て酌《しゃく》をされて恐縮して、そこまでは覚えている。けどいくら顔が好みでも、いきなり専務を口説くわけがない。しかるにこの状況はいったい。

「あーっ、もしかして、あの酒」

専務は「瀬尾君、どんどん飲んでね」と微笑んでいた。酔って記憶をなくすのはそれほど珍しいことでもないが、いつもはあれくらいでそこまで酔わない。それに記憶がない以外には二日酔いの症状がない、ということは。

「あんた、グラスに何か入れたな？」

俺の質問には答えず、彼は首を竦《すく》めた。

「瀬尾君、悪いけど君、クビだから。でも生活の心配はしなくてもいいよ、ここにいてくれれば衣食住は僕が保証する」

俺は再びぽかんとして目の前の美形を見詰めた。

「あ、でも『衣』は空調を完璧《かんぺき》にするっていうので勘弁《かんべん》してね？」

小悪魔《こあくま》、というには少し年かさだが、それでもなお魅力的な微笑みを浮かべて専務は俺を指差した。

「監禁《かんきん》されたんだよ、君」

2

専務は安藤《あんどう》という名前だった。『安藤住宅流通販売』の社長の甥《おい》。

俺が勤務してる会社は典型的な同族企業で、能力に関係なく重役は全員安藤姓だ。ただこの専務だけは本当に優秀で、実質的な会社の経営は彼がしている、と先輩社員が話しているのを聞いたことがある。

「危害を加えたりするつもりはないから安心して。話は帰ってからゆっくりしよう。今日は会議のあと予定がないから、九時には戻るね」

「ちょっと待て！」

言いたいことだけ言うと、安藤は退職届をスーツの内ポケットにすっと入れ、つかみかかった俺を綺麗《きれい》にかわした。

「部屋にあるものは何でも好きに使ってね」

「おい！　待てってば！」

バランスを崩《くず》したぶん、追いかけるのがちょっと遅れた。追いつく寸前でバン、とドアが閉まり、がちっと施錠《せじょう》の音がした。

「おい！　待てコラ！」

頑丈《がんじょう》なスチールのドアは外づけの鍵がついているようで、ドアノブは動きもしなかった。ガンガン叩いてやったが、あまり音もしない。

「ちっくしょー…」

何が起こったのか、どうなってるのか、事態がまったく呑み込めない。とりあえず、今現在、マッパでマンションの一室にいる。夢見てるわけじゃなく、現実だ。

玄関と部屋を繋《つな》ぐ短い廊下《ろうか》の左右にドアがあったから開けてみると、それぞれ窓のないバスルームとトイレだった。だから開口部は玄関の他には部屋の窓だけしかない。

そしてその窓は、どうも特殊な強化ガラスを使っているらしかった。拳《こぶし》で叩いてみてもコンクリートを叩いてるみたいにびくともしない。ベランダがあるのに嵌《は》め殺しになっているということは、最初は普通のベランダサッシだったのを「リフォーム」したんだろう。監禁部屋にするために。

「うーん」

本気でこれはマズイかもしれない。

俺には家族がいないし、連絡がつかなくなったからって捜《さが》してくれるような情に厚い友達にも心当たりがないのだ。ここ数年、ちょっと荒《すさ》んだ生活をしてたから、それは自業自得《じごうじとく》でしょうがないんだけど。だからつまり、外国のサディストあたりに命ごと売り飛ばすのにはぴったりの人間なわけだ。

俺みたいな高校中退を採用してくれるなんて剛毅《ごうき》な会社だとは思っていたけど、裏でとんでもないアンダーグラウンドと繋がっていたのかも。

「なんてな」

まあそんなことはないだろう。不動産屋と人身売買のアンダーグラウンドはそうそう繋がったりはしない。

「……ん?」

キッチンの冷蔵庫を覗《のぞ》いてみて、ちょっと驚いた。

空《から》っぽか、せいぜい飲み物がごろんと数本入ってるくらいだろうと思っていたのに、中は意外に充実していたのだ。

コンビニの弁当が数食分入ってて、ポケットにはお茶とビール、野菜ジュースが「どれでもどうぞ」とばかりに並んでいる。ヨーグルトやサラダのパックもあって、「この部屋にあるものは何でも好きに」って言ってたのはこのことか。

ちょっと迷ったけど、食い物を見て急に空腹を覚《おぼ》え、ありがたく玄米ヘルシー弁当をいただくことにした。もしかしたらこれにも何か仕込まれているかも、と思いながらレンジにかけて食ったけど、普通にうまかったし、そのあと体調にも変化はなかった。

マッパというのが落ち着かないが、腹が満ちるともともとの楽観的な性格が前に出て、「まあなるようになるか」という気になってきた。そうなると夜まで暇《ひま》だ。

何かないかと探してみると、キャビネットの棚にはＤＶＤが並んでいた。新品ばかりで、アクションコメディから任侠《にんきょう》ものまで各種取り揃えてある。なぜか「極楽ヨガ」とか「阪神タイガース優勝おめでとう」なんてものまであって、見ているとアダルトものまである。

「うわー、しかも的外れ《まとはず》」

好みがわからないからこっち系も各種ご用意してみました、みたいに女教師モノからロリコン、巨乳、と並んでいるけど残念ながら俺は女では抜けないのだ。まあ男優だけ見る、という技も使えなくもないから気持ちだけ受け取っておこう。

自分がどうなるのかわからない不安はあるものの、びびっていてもＤＶＤを楽しんでいても、結果に違いが出るわけでもないだろう。俺は腹を括《くく》ることにした。

面白そうな洋画をセットして、冷蔵庫からビールを取ってベッドに寝そべる。裸に毛足の長い毛布というのはたまらなく気持ちがいい。

何を飲まされたのかはわからないが、まだ薬が残っていたんだろう。洋画を続けて二本見たあたりで、俺はいつの間にかまた眠ってしまっていた。

がちっというドアノブの動く音がして、はっと目を覚ました。

もう窓の外は真っ暗だ。近づいてくる足音に、俺はさすがに緊張して部屋のドアが開くのを見ていた。

「ただいま」

屈強《くっきょう》な体格の男が数人、とか勝手に最悪の危険な想像をしていたから、安藤専務一人だったことに、とりあえずほっとした。

「ごめんね、遅くなった」

会社から直行してきたらしく、安藤はスーツ姿だった。

「おい、まずは服出せよ」

上等そうなスーツの前でマッパというのは改めて屈辱《くつじょく》的だ。

「瀬尾君、これ何か知ってるかな」

詰め寄ろうとした俺に、安藤はにっこりしながら右手に握《にぎ》っていたリモコンのようなものをかざして見せた。

「…くそ」

ばちっと火花を散らすスタンガンは、俺の一番嫌いな攻撃道具だ。喧嘩《けんか》で使われたことが何回かあるけど、あの衝撃をくらうならよく切れるナイフでスパッとやられたほうがマシな気さえする。一瞬バチッとくるだけで、あとはなんてことないってわかっていても、電撃ってのがダメだ。雷《かみなり》も昔から苦手だった。

「悪いけど、これを嵌めてもらうね」

「あっ」

近づいて来た安藤のスタンガンに気をとられていたら、じゃらん、と音がして、俺は手錠《てじょう》をかけられていた。「監禁ったらコレでしょう」って感じの手錠にはものすごく長い鎖《くさり》がついてて、安藤はその端をベッドの脇にあったポールみたいなものに繋いだ。

「卑怯《ひきょう》だぞ！」

戦隊モノのヒーローみたいな台詞だ、と自分で突っ込んだけど、安藤もあっさり受け流した。

「わかってるよ」

「外せよ、そんで服返せって！」

「そんなこと言われてハイそうですかって言うこと聞くなら、初めっからこんなことしないでしょ」

落ち着き払った様子が憎たらしい。

「それより、話はちょっと待っててくれるかな。晩ご飯作るから」

「晩ご飯だあ？」

何を言い出すんだコイツ、と思っていたら、安藤は持って来たスポーツバッグを手に、キッチンスペースに入って行った。

「あ、お弁当食べたんだね。ヨーグルトもなくなってる」

冷蔵庫を覗いて安藤が確認するように言ったのが、餌《えさ》を管理されてるみたいでむかっ腹が立った。

「ふざけんな！」

手錠をかけられた腕を振り回して鎖を床に叩きつけたけど、もちろんそんなことは無視で、安藤はスポーツバッグからまな板や包丁《ほうちょう》を次々に取り出した。どうやら本当に調理をするつもりらしい。

「お弁当、一食しかなくなってないよ。お腹空《なかす》いてない？」

「なんでてめえと仲良く晩メシ食わなきゃなんねーんだよ！」

「嫌なら仕方ないね」

たりめーだ、とむかつきながら見ていると、安藤は澄ました顔で食材を並べ始めた。まな板をセットして、よく切れそうな包丁を握る。そこまではよかったけど、

「おい！」

なんだかコイツは手つきがおかしい。

「そんなじゃ手ぇ切るぞ！　うっわ、アブねえっ！」

思わず大声を出してしまった。

「あ」

「あ、じゃねーよ！　左手の指はちゃんと丸めろ！」

人参を切ろうとしてるんだけど、今にも指を切りそうでハラハラした。俺は飲食店のバイトも多かったから、そこそこ包丁は使える。

「おい、先に皮剝《む》けよ。ピーラーねえのか？」

「ピーラーって何？」

「アンタみたいに手先の不器用なヤツが皮を剝くのには絶対必要な器具」

「へえ、そういうのがあるのか」

どうやら安藤はあまり料理をしないらしい。

「湯！　噴いてるぞっ」

「あ、アチ！」

「だから先に火を止めろってば！」

なんかてんやわんやだ。後ろから俺がわあわあ言うもんだから、余計に混乱してきたらしい。

「も、もう黙ってて」

たまりかねたように安藤が振り返り、俺も見てられないからベッドにひっくり返った。

キッチンからは「あれ？」とか「うわ」とか聞こえてくる。とにかく必死みたいだから「なんで俺をこんな目に遭《あ》わせるんだ」とか「今ならなかったことにしてやるからここから出せ」とか言うのはあとにしてやった。

小一時間ほどして、ようやくキッチンの格闘は終わった。

「…できた」

へろへろと安藤がお盆を持ってキッチンスペースから出て来た。何ができたのか、好奇心でベッドから起き上がると、腹が鳴った。

「ねえ、食べようよ」

一食しか食べていないのは本当で、確かに腹は減っていた。

「瀬尾君のぶんも作ったんだよ」

頭にきてるのは頭にきてるけど、キッチンスペースの激闘の跡を見ると、お疲れさんとしか言いようがない。

「服出してくれたら、食ってもいい」

俺が言うと、安藤はしばらく思案《しあん》していたが、「じゃあパンツだけってのでどう」と譲歩《じょうほ》した。

「なんで服、出さねえんだよ」

「だって、逃げにくいでしょ、全裸だと」

そういう用心だったのか。安藤は仕方なさそうにスポーツバッグからトランクスを出してきた。俺はニット派だからこれは俺のじゃない。

トランクスだけでも身につけるとぐっと人間らしい気持ちになって、俺は促《うなが》されるままテーブルについた。

「すげえな、これ作るのに一時間もかかったのか」

俺なら二十分もあれば充分だ。チコリと紫玉葱《むらさきたまねぎ》のサラダに小ぶりのステーキ、つけあわせにサフランライス。それだけ聞けば豪勢な感じだけど、焼きすぎた肉と水っぽいサラダ、サフランライスはべったりしていて、いかにも料理に慣れていない人間が一生懸命《いっしょうけんめい》に作った雰囲気だった。

でも料理に大事《だいじ》なのは、その「一生懸命に作った」ってとこだと思う。慣れた手つきで完璧なものを作って出されたのなら、おまえの作ったものなんか食えるか、と突っぱねたと思う。だけど不格好に切られた玉葱を目にするとなんだかほだされて、俺はフォークを取った。

「あ、けっこううまい」

「ほんと?」

食ってみると、素材がいいんだろう、味は見かけほど悪くなかった。疲れきった顔でサフランライスを口に運んでいた安藤が、ちょっと嬉《うれ》しそうな顔になった。

「明日は瀬尾君の好みも取り入れるよ」

好みったって、アンタにリクエストを受けつけるような技量があんのか? と思ったけど、それよりも先に聞きたいことが俺には山ほどあった。

「そろそろ教えてくれてもいいだろ、なんで俺をこんなとこに閉じ込めてんだよ」

「実験したいから」

「……何?」

安藤が目を上げ、口元だけで笑った。企《たくら》むような笑顔が魅力的なのは、この手の顔の特徴だ。分類するなら猫科。そして俺はこの手の顔に弱い。

「履歴書見たけど、君、係累《けいるい》ないよね」

安藤は挑《いど》むように俺を見た。目に力があって、一瞬気圧《けお》された。

若いけど会社はあの人が舵《かじ》取りしてるんだ、と先輩社員から聞いたことがある。料理は下手《へた》だが、確かにどこか肝《きも》が据《す》わっているみたいで、経営者としては優秀なのかもしれない。

気を呑まれたが、俺もそのくらいで引き下がっていられない。

「係累がなきゃ監禁してもいいって法律でもできたのかよ」

係累がない、というのは俺のせいじゃない。

生まれて三日でごみ箱に捨てられ、その後一切の接触なし、という生育歴でなければ、俺ももうちょっとマシな人間に育ったかもしれない、と思った時期もあった。

けど俺と同じような人生のスタートを切って、同じような育ち方をしたって立派《りっぱ》な人間になるやつだっている。俺が学校さぼってスロットばっかりやってたのは、俺が楽なほうに流されやすい意志の弱い人間だったからだ。俺は刹那《せつな》的だし喧嘩っぱやいし、何の取り柄《え》もない。それでも俺をごみ箱に叩き込んだ女は健康な身体《からだ》だけは恵んでくれた。

三人までなら相手にしたって負ける気がしないデカイ身体。風邪《かぜ》引いても腹壊しても、一晩寝ていれば朝にはすっきり治ってる健康な身体。それをくれただけでも大いに感謝しなくちゃならないのかもしれない、と俺はある日突然思ったのだ。

親兄弟がいないのはもちろん、俺は真性《しんせい》のゲイだから、一生結婚したり家庭を持ったりにも縁がない。一人で適当に生きて、一人で適当に死ぬ。それはもう、義務教育を終えるまでには覚悟《かくご》ができていた。一人は慣れているから、それは別にいい。俺が死んでも誰も泣かない、そういう人生もさっぱりしてていいと思ってた。

だけど、そうして一人で死んでいく時に、俺はきっと悔《くや》しいとか、もっと生きていたいとか思わないだろうと思ったのだ。それはあまりに虚《むな》しい気がした。

施設の職員さんで、一人だけすごく好きな人がいた。俺の「お母さん」のイメージはその人で、だからその三上《みかみ》さんから「誕生日だね、おめでとう」ってメールをもらった夜、俺はなんだか泣けて仕方がなかった。

俺の本当の誕生日は、誰も知らない。推定日時で出生届を出してもらってるから、それまで誕生日っていうのは、俺にとって「捨てられたことを思い出す日」でもあった。だから誕生日を聞かれても適当にごまかしてきたし、事情を知ってる人間は正面きって「おめでとう」なんて言わない。

三上さんのメールには「瀬尾君には夢がある？　ないなら見つかるといいね。あるなら叶《かな》うといいね」って続いていた。

俺は体調が悪いといつも見る嫌な夢があって、願望という意味の夢は持ってなかった。だから、叶えたいと思う夢を作った。叶わないかもしれないけど、叶うといいね、と言ってくれる人のために。

二十二歳になった夜、俺は心を入れ替えた。そして真面目に就職活動を始めたのだ。

施設育ちで高校は中退、ろくな職歴もなく、それで正社員になりたいと思うのはムシがいいというのはわかっていたが、やるだけやろう、と就職活動をしたら、幸運にも二社目で正社員に採用された。

こいつの会社に。

安藤はグラスの水を一口飲んだ。

「君、すごい新人だってよく話題になってたから注目してたんだ。すごいよね、この業界は経験がないと数字出ないのに、よくあれだけの販売数稼《かせ》げたね」

「あんたには悪いけど、その経験だけで販売してる営業しかいないからやれたんだよ」

入社してすぐ、俺はそのあたりに気がついた。古い業態の残る世界だから、ちょっと頭を使えばガンガンのしていける。

最初に賃貸物件《ちんたいぶっけん》をやらされた時にはエリアを充分吟味《ぎんみ》して、客を女子大生に絞《しぼ》った。同僚が目玉物件の間取りと賃料を一色印刷した地味なチラシ配っているのを尻目に、俺は知り合いのデザイナーに一杯奢《おご》って、お洒落《しゃれ》なクラフト紙にセンスのいいレイアウトのフライヤーを作ってもらい、女子寮とか、女子大の駅前とかに配った。問い合わせは同僚の五倍はあって、今まであんまり活用の方法がなかった「女受けする顔」で爽《さわ》やかに物件を案内すると、月末の営業成績はエリア長の三倍強を記録した。

それが最初にやった仕事で、あとは同じようにいつも「どうしたら売れるのか」「誰に売るのか」熟考《じゅっこう》して、素早く行動した。それまで遊びまくってたのも、案外人脈ってのを作るのに役に立っていた。デザイナーとか印刷関係には知り合いが多い。もちろん足を引っ張る同僚とか先輩とかもいたけど、同じように涼しい顔して足を引っ張り返してやった。

結果、半年でエリア長になって社長賞もいただいた。でも将来独立するつもりだから、こんなもんで満足なんかしてない。こうなった以上コイツの会社に戻る気はないが、もう営業に関してはどこでもやっていける自信がある。早いとここんなとこ出て仕事がしたい。俺には夢があるのだ。

「実験って何だよ、なんで俺を監禁なんかするんだよ」

「秘密」

睨《にら》んでる俺をいなすように、安藤は軽く答えた。ひょっとしてこいつもゲイなのかと疑いかけたけど、たぶん違う。自分がゲイだからよくわかるけど、マッパの俺を見ても、こいつはそういう目では見てなかった。

「何回も言うけど、君に危害を加えるつもりはないから、その点は安心してていいよ。ずっと閉じ込めておくつもりもない。はっきりいつまでって約束はできないけど、それほど長い時間拘束《こうそく》することにもならないと思う」

「…頭おかしいだろ、アンタ」

たまりかねて遮《さえぎ》ると、安藤は薄く笑った。

「かもね」

「いくら俺に捜してくれる人がいなくたって、大家《おおや》とかは気づくぞ。まったく知り合いがいないわけじゃねえし、アパートの保証人になってくれた人が警察に届けるかもしれない」

というか、絶対にそうする。保証人になってくれたのは施設職員の三上さんだから、責任上もあって、そういう届けは早く出すはずだ。

「そうだね」

全部織り込み済みだというように安藤はうなずいた。

「いいって、逮捕《たいほ》でもされたら、あんた、会社はどうすんだよ」

「いいんだ、別に」

社会的責任に訴えるという手があるな、と俺はそれを思い出させようとした。

「役員が男監禁して逮捕されたりしたら、会社に迷惑《めいわく》かかるだろうが」

「どうかな？」

安藤はにやりと笑った。さっきまであたふたとキッチンを駆けずり回っていたとは思えない、食えない笑顔だ。

「君の失踪《しっそう》に気づいた人が通報したとして、それが事件だと認識されるまでどのくらいかかると思う？　一ヶ月以内に僕が逮捕される可能性はかなり低いと思うよ」

「一ヶ月以内？」

何の期限だ、それは。

「今の会社、五年かかってようやく経常利益を黒に戻したんだよね。だから次の役員会が終わったら、僕は退職する。逮捕されてもその時僕は無職だよ」

「退職？　なんで」

「気が済んでいるはずだから」

意味がわからない。安藤も説明する気なんかなさそうだ。

「実験って何だよ」

とりあえずそっちが気になる。人体実験なんかじゃないだろうな。

「瀬尾君に何かするわけじゃないよ。君はただここにいてくれたらいいだけ。それにここから出す時にはまとまったお金も用意する。約束するよ」

どこまで信用していいものか、俺は目の前の美形をじっと見詰めた。

「バイトだって割り切れと？」

「割り切らなくてもいいよ。僕が絶対に出さないから」

つまり俺には選択の余地はないと。

ちらっとテーブルの上のスタンガンを見た。安藤との距離と、スタンガンの位置。長年喧嘩で鍛《きた》えた瞬発力が、今だ、と囁《ささや》いた。

「……ッ」

安藤が俺より素早く動けるとは思ってもみなかった。テーブル越しに喉《のど》を狙《ねら》ってつかみかかった俺をひょいと身をかがめてかわし、次のアクションで安藤はテーブルの上のスタンガンを取った。

しまった、と思った瞬間、びしっと目の前が白くなった。衝撃に息が詰まる。がしゃん、と耳元で嫌な音がして、みるみる目の前にカーペットが迫ってくる。跳ねるフォークやレタスの切れ端がばらばらと頰《ほお》や頭を叩いて、俺は激しく咳《せ》き込んだ。

「ごめん、大丈夫《だいじょうぶ》?」

安藤の足が目の前に来て、ようやくカーペットの上に倒れた感覚が戻ってきた。安藤が心配そうに顔を覗き込んでくる。

「触《さわ》んな」

先制攻撃を仕掛けて失敗したのは初めてだ。

屈辱で安藤の手を払ったが、一方で見かけによらない反射神経に舌を巻いていた。やわそうに見えて、こいつは何か武道の心得《こころえ》がある。

「瀬尾君は何かやってた?」

安藤のほうも似たことを考えたらしい。

「僕は合気道やってたんだけど。君の動きって素人《しろうと》じゃないよね」

「素人だよ、悪かったな」

だけどさんざん実践で鍛えてきたはずなのに。こいつ一人くらい、隙《すき》をついたらいつでも逃げられる、とどこかでタカを括っていたが、これはちょっと無理かもしれない。安藤はスタンガンを握りなおして俺の前にかざして見せた。

「可哀想《かわいそう》だけど、逃げたら何回でもやるから。早めに諦《あきら》めてくれると助かる」

静かな声だけど、有無《うむ》を言わさない力がある。相当自信があるのだろうし、それだけの準備もしてるのだろう。このマンションの完璧な監禁仕様を考えただけでも、それはわかる。

「わかった」

仕方がない、と俺は腹を括った。昔から諦めはいいほうだ。そうしてないとやってられない人生だったともいえる。

「なあ、ひとつ言っておきたいことがあるんだけど」

腹が決まって、俺は正直《しょうじき》なところを申告しておくことにした。

「あんたの用意してくれたAVさ、好みのなかった」

「は？　ああ、それは…ごめん」

急に何を言い出すんだ、と言うように安藤は俺を見た。

「一応全ジャンルを入れておいたつもりだったんだけど。どんなのが好み？　言ってくれたら用意するよ」

「ロリも熟女もレイプもダメ。俺、男女ものなんか見たって興奮しねえんだよ。何でもいいけど、ネコちゃんがあんたみたいな色っぽいヤツがいい」

「ねこ？」

安藤は初めて驚いた表情を浮かべた。

「…獣姦《じゅうかん》？」

なんでそうなる！

「アホ。女役ってことだよ、俺は男にしか勃《た》たないの。ゲイなんだよ」

「あ、…そういうこと」

虚《きょ》をつかれたように目を見開き、それから獣姦と同性愛のどっちがどうだろ、というように安藤は目を泳がせた。

「それで、あんた、すごく好みなんだよね」

「え、…えぇッ？」

急に怯《おび》えた顔になったのが楽しくて、俺は安藤のひざをつーっと指で撫《な》で上げた。ひゃっ、とえらく可愛《かわい》い声を出して、安藤は慌てたように身を引いた。

「なんだよ、傷つく反応だなー」

「ご、ごごめん。いや、ちょっと驚いて」

「気をつけろよ。油断してたらヤッちまうぞ」

「えっ」

一瞬引いた顔をしたが、安藤はすぐ開き直った。

「わかった。気をつけるよ」

色っぽい猫のような目が細められ、安藤は一癖《ひとくせ》ありそうな顔で笑った。

3

全裸というのはつくづく運動に向かない。

ジョギングマシーンの速度を調整して、本格的に走ろうと試みて、俺はすぐに諦めた。どうにも股間《こかん》が安定しない。ステッパーやエアロバイクも同じ理由でイマイチだった。筋トレ系のベンチプレスは違和感はあるものの、慣れれば平気そうだ。

とりあえずチェストプレスをしながら、のんびりＤＶＤを見る。

最初はこんなもの使う気にもならなかったけど、監禁されて五日、とにかく暇でしょうがないし、基本的に身体を鍛えるのは好きなので、俺はトレーニングマシンを使うようになっていた。

相変わらず、一人でいる時は全裸だ。

安藤が帰ってくるとトランクスだけは穿《は》かせてもらうが、「逃げにくいように」ヤツがでかける時にはまた返却を求められる。

安藤が住んでいるのは向かいの部屋とかで、会社に行く前に「行ってくるね」と顔を出し、会社から帰るとまっすぐここに来て、寝る前まででいる。

どのくらいの規模のマンションなのかはわからないが、安藤はこの建物のオーナーで、最上階を占有《せんゆう》しているらしい。

「念のために下の部屋も空き部屋にしてるから、物音で助けを呼ぶっていうのは無駄だからね」と言い渡されている。

それにしてもヤツが何をしたいのか、いまだにサッパリわからない。

安藤は毎晩やって来ると、まずは俺を鎖で繋ぐ。それから「今日は何のビデオ見たの？　お弁当食べた？　何か欲しいものとか、困ったこととかなかった？」と聞きながらワイシャツの袖《そで》をまくってキッチンに入る。まるでパートから帰って来た働き者のお母さんみたいだ。

最初は話しかけられても無視していたが、安藤がしつこいので、根負《こんま》けして適当に返事をするようになっていた。無視するのもけっこう疲れるし、一日中一人だから、会話に飢《う》えている部分もある。

「食べたいもの何でも言ってね？」

友好的にそんなことを言われると、悪意を持つのが難しくなってしまう。しかし本当に何のためにこんなことしてるのか、想像もつかない。「実験したい」と言っていたが、特にそれらしいことは何もせず、ただ毎日せっせと俺の世話を焼いているだけだし。ホントに何がしたいんだ？

変な話、ヤツが俺に性的なことを強要したのなら、こんなに落ち着かない気分にはならないと思う。監禁して裸にして鎖で繋いだら、あとすることはひとつじゃねーか、と思う。筋が通らんというか、わけがわからんというか。男がダメなら好みのお姉ちゃんを監禁すりゃいいのに。そのほうが安藤だって楽しいだろう。

それでもとにかく、俺はこの生活に順応し始めていた。

ストレスが溜《た》まってくればそうも言っていられなくなるだろうが、今のところは「外に出られない」「服が着られない」以外に困ったことはないから、日中のヒマを紛《まぎ》らわせることさえできれば快適な生活とさえ言えた。

もちろん今も外に出たいし服も着たいが、どちらかと言うと、別のことで俺はより困っていた。

チェストプレスを数回繰り返したところでドアの開く音がして、安藤の「瀬尾君」という声がした。今日も息せき切って帰って来たんだろう、軽く息が弾《はず》んでいる。

「あっ、トレーニングしてたの？　続けてて。今日は瀬尾君のリクエスト作るからね」

俺に下着を手渡し、鎖で繋ぐと、安藤はいそいそとキッチンに入った。ほっそりしたスーツ姿を横目で見ながら、俺は内心でため息をついた。前はパートから帰って来たお母さんみたいだ、と思っていたが、今は同棲《どうせい》してる恋人が帰って来たみたいだ、と思ってしまう。

美形にもいろいろあるが、安藤のような情の濃そうな顔立ちに、俺は一番弱かった。目尻の下がった大きな目、唇は少し厚くて、どこか緩《ゆる》い感じがするのが、たまらなく色っぽい。とどめに目元の泣きぼくろ。

監禁されてむかついてるのはむかついてるけど、それとこれとは別問題だ。

一回でいいからやらせてくれないかと思ってしまう。

あの色っぽい男を素《す》っ裸《ぱだか》にして、思い切りいやらしい格好させて苛《いじ》めてやりたい。あんあん泣かせて、下品な言葉を無理やり言わせて、それから――

「瀬尾君」

勝手な願望を妄想《もうそう》していたら、キッチンのほうから朗《ほが》らかな安藤の声がした。

トランクス一枚なので不埒《ふらち》なことを考えるとヤバイ事態になる。俺は急いで頭の中の画像を今日見たホラービデオの映像に変えた。

「できたよ、どうぞ」

安藤がお盆を持って出て来た。

テーブルには青梗菜《チンゲンサイ》と海老《えび》の炒《いた》め物と若布《わかめ》のスープが並んでいる。相変わらず火加減《ひかげん》がよくわからないらしく、野菜はくったりしているが、味付けは悪くない。

この五日でわかったが、安藤はとても真面目な性格をしていた。料理ひとつとっても、レシピどおりの材料をグラムまで計り、手順どおりに作る。だからそうまずいものは出てこないし、確実に腕は上がっていた。

「あ、けっこううまい」

「そう？」

ちょっと嬉しそうな顔をしたが、箸《はし》をつけて安藤は首を傾《かし》げた。

「でも本には青梗菜のしゃきっとした歯ざわりを残して、って書いてあったんだけど。しゃきっとしてないね」

「火を通しすぎたんだろ」

「でも書いてあったとおりに作ったよ。ちゃんと強火で二分炒めた」

そりゃ目安《めやす》だ、と思ったけどあんまり真剣な顔で言っているからおかしくなった。この前ハンバーグを作ってくれた時も塩加減がわからなかったらしく、安藤は「少々って書き方、作り方の本としてどうだろう。どう思う?」と真面目に問題提起していた。

「少々なんて主観によるよ。作業手順書にそんな主観を入れられたら、現場は混乱すると思わない? やっぱりそこは、塩を大きく二回振ってください、とか書かないと」

調味料を振るジェスチャーをしながら、安藤は真面目に主張していた。

「でも味はいいよ。うまい」

また現場の混乱を語られそうだったので大きく総括《そうかつ》すると、安藤は今度は素直に嬉しそうな顔をした。安藤が笑うと、俺の好きな猫目がきゅっと細くなる。うっかり笑い返しそうになって、慌ててそっぽを向いた。こんな理不尽《りふじん》なことされてて、鼻の下を伸ばすわけにはいかん。

「コーヒー淹《い》れるね」

メシが終わると安藤はキッチンで片づけを始める。掃除や片づけは慣れていて、食後のコーヒーはいつもヤツの好きなフレンチ・プレスとかいうやつを淹れてくれる。これはなかなかうまい。

一緒にソファ代わりのベッドに並んで座り、コーヒーを飲みながらテレビのニュースを見ていると、監禁されてるなんてことは忘れそうになる。穏《おだ》やかな時間だ。実は俺はこういうのにずっと憧《あこが》れてたから、これが恋人だったらどんなにいいかと何回も思った。

だけど相手はノンケの堅物《かたぶつ》で、何か目的があって俺を監禁している。

そしてどうやら安藤は、こういうなんでもない時間を楽しむのに不向きな性格らしかった。

テレビを見ることひとつとっても、なんていうか、堅苦しくて肩が凝《こ》ってくる。

ニュースなんかは普通に見ているが、バラエティ番組になると、とたんに能面《のうめん》のような顔になる。最初のうちは嫌いなタレントでも出てるのかと思ったが、単に面白くないのを我慢《がまん》して見ているだけだった。

もともとテレビはほとんど見ないとかで、それなら無理して見ることはないと思うのだが、なぜか安藤は俺と一緒にテレビを見ることに大いなる意義を感じているようだった。

「あ、なんで？」

テレビを切ると、安藤が目を丸くした。

「だってあんた嫌いだろ、ああいうの」

お笑い芸人が半裸でバンジージャンプをする、という企画は安藤にはハードルが高すぎるはずだ。昨日は深夜にありがちな緩いホームドラマを見ていて「この話のテーマって要するに何なの？」と真顔《まがお》で聞かれた。

「でも瀬尾君はああいうの、好きでしょう？」

疲れてる時に軽く笑える番組を見るのは好きだ。でも隣で修行僧《しゅぎょうそう》みたいな顔をした男がいたら見る気をなくす。

「いいよ、本読みたいし」

「そう？　それじゃ僕は掃除してくるね」

安藤はひょいとベッドから下りた。ヤツは毎晩律儀《りちぎ》にトイレと風呂《ふろ》の掃除をして、最後に「ちょっとごめんね」とベッドのシーツを換えてくれる。ペットの世話をしてるみたいだと思うとむっとするが、丁寧《ていねい》にシーツのしわを伸ばして、最後に枕《まくら》をぽんぽん叩いて眠りやすいようにしてくれている姿を見ると、申し訳ないようなありがたいような、へんな気持ちにもなる。監禁されてるんだからありがとうと思うのは違うんだが、こういうことをしてもらったことがないもので、なんだか俺は内心でまごついてしまう。

今日も綺麗に整えなおしたベッドに「はい、いいよ」と言われて、もうちょっとでありがとうと言いそうになった。俺がベッドに座ると、安藤もまたちょこんと隣に座った。

「明日は何か買って来るものある？」

これも毎日言われる台詞だ。

「じゃあこの本の下巻買って来て」

一昨日買って来てもらった文庫を渡すと、安藤は「分厚《ぶあつ》いなあ」と言いながらぱらぱらめくった。

「瀬尾君って読書家なんだね」

「前に入院した時、他に何もすることなくて読んでみたら、けっこう面白かったんだよ」

「ふうん」

安藤は手帳に書名をメモし、下巻、と大きく書き添えた。

「瀬尾君って趣味いっぱいあるよね。スノボとスロットと、あとなんだっけ」

「別に、俺なんか普通だろ。あんたが無趣味すぎるんだよ」

「そうかもね。でも僕はずっと勉強と仕事しかしてこなかったから、趣味っていわれても、何をしていいのかわからないんだ」

「それで突然人を監禁するとは大胆《だいたん》だな」

「はは、ごめん」

「実験って、いつするんだよ」

気になっていたことを聞くと、安藤はこともなげに「今してるとこ」と答えた。

「今?」

「うん」

もしかしたら何か変なものを食わされているのか？　今のところ体調に変化はないけど、急に不安になった。

「大丈夫だって。瀬尾君に危害を加えるようなことはしないって言っただろ？」

俺の顔つきを見て、安藤が笑った。

「心配しないで」

「じゃあそれで実験の結果が出たら、俺にいくらくれんの？」

半分冗談で聞いたら、安藤は真面目な顔で「僕の退職金は全部あげるよ」と答えた。

「まだちゃんと計算してないけど、しばらく生活に困らないくらいはあると思う。君さえよければ、再就職先も紹介する」

「俺が通報しなけりゃな」

「そうだね」

厭味《いやみ》で言ったが、安藤はどうでもよさそうにうなずいた。

「…あんたさ、会社辞めて、そのあとどうすんの？」

「新しい会社をつくるよ」

それにも安藤はこともなげに答え、俺の好きな一癖ありそうな笑顔で「君が通報しなければね」とつけ加えた。

「君が言ってたとおり、この業界は財務諸表もろくに読めない、経験だけでのしてきた社長さんがごろごろしてるから、ビジネスチャンスはいくらでもある」

「けど、今の会社だってあんたが実権握ってるんだろ？　わざわざ新しい会社なんかつくらなくてもいいじゃん」

「瀬尾君はバランスシート、読める？」

安藤が急に話を変えた。バランスシートってなんだ？　と考えて、ああ貸借《たいしゃく》ナントカ表ってやつか、と気づいた。

「…すみません、読めません」

「勉強して決算書見たらわかると思うけど、五年前にはうちの会社、息も絶え絶えだったんだよね。借入金の処理もいいかげんで、もう潰《つぶ》すつもりだったみたい」

「みたいって、誰が？」

「社長のお兄さん。僕の養父」

「養父？　え、あんた養子なの？」

「そうだよ」

実質的に経営してるのが専務、専務は社長の甥、ということしか知らなかったから、ちょっと驚いた。

「血は繋がってるけどね。僕の母は愛人だったんだ」

安藤が簡潔《かんけつ》に説明した。

「母は僕が八歳の時に病死した。その時点では父と奥さんとの間には子どもがなかったから、跡を継ぐために引き取られたんだ」

その時点では、というところを安藤は強調した。

「で、僕が高校に入学した年に、弟が生まれた」

「…なるほど」

いきなり用済みになってしまったわけか。それはキツイな。

「引き取られた時は僕自身も葛藤《かっとう》があったし、養母だって愛人の子どもなんか、見るのも嫌だったと思う。けど、それでもなんとかやってきてたんだよね。お互いにそれまでは利害が一致してたから、最低限、家族の形は保ってたし」

安藤が淡々と話すぶんだけ、その生活の大変さがわかる気がした。ずっと金持ちの家に生まれたお坊《ぼっ》ちゃんだと思っていたけど、それなりに苦労してたのか。

「俺も普通の家庭って知らねえからアレだけど…それはまたヘビーな生活だな」

「そうかな？　僕にはそれが普通の生活だったから」

ヘビーという言葉がおかしかったみたいで、安藤がちょっと笑った。

「でも、そのせいで寂しいっていうのがわからないのかもしれない。高校を卒業してからずっと一人暮らししてるんだけど、一回も寂しいと思ったことがないんだ。瀬尾君は？」

「俺？」

「家族がいないのって、寂しい？」

こんなふうに真正面から「家族がいなくて寂しいか」と聞かれたのは初めてで、ちょっと驚いた。親のいない人間に向かってこんなことストレートに聞くかね、と内心で苦笑したけど、嫌な気持ちにならなかったのは、安藤が好奇心から聞いてるんじゃないことが伝わってきたからだ。

「俺は寂しがりなんだ」

正直に答えると、安藤はわずかに目を見開いた。

「あんたは孤独に強いんだな。俺はだめだ」

だから施設を出て一人暮らしを始めてから、俺は手当たり次第に男と寝た。本当は恋人が欲しかったけど、一回生活が荒んでしまうと軌道《きどう》修正するのに時間がかかる。出会って二時間後にホテル、という関係は、俺みたいな人間を余計寂しがりにするみたいだ。それでまた誰でもいいから一緒に寝てくれる相手を探す。悪循環《あくじゅんかん》だ。

「寂しいって気持ち、僕にはよくわからないな」

考えていたら、安藤が妙にぽつんとした声で言った。

「家族っていうのも、よくわからない」

「そんなもんなの？　俺なんか血の繋がった人間がいるって、どんな感じかなあっていつも思ってるけど。お父さんとか弟って、あんたに似てる？」

「…そんなの、考えたこともなかった」

本当にびっくりしたみたいで、安藤は目を丸くした。

「顔は、…母親に似てると思う。弟もどっちかって言ったら養母似だ。でも可愛いよね、赤ちゃんて」

安藤がふと何かを思い出すような目をした。

「弟が生まれてすぐ、僕も抱かせてもらったんだ。すごく軽くてね、ちっちゃいのに、ちゃんと指に爪《つめ》まであって、髪の毛もぽわぽわで。小さすぎて、抱っこするのが怖かったな」

学生服を着た安藤が、赤ん坊をおっかなびっくり抱いている姿を想像して、俺はなんだか何も言えなくなってしまった。

「弟はすごく人懐《ひとなつ》こい子なんだ。素直で、性格がいいからみんなに可愛がられてたし。弟に自分の事業を継がせたいって気持ちは僕にもわかるよ」

恵まれた人間の性格がよくても、それはある意味当然だろう。会ったこともない安藤の弟に、なんとなく反感を持った。養父にも。

「弟って、今いくつ?」

「十三かな。もう何年も会ってないけど」

よっぽどしょっぱい顔をしてたらしく、安藤は俺を見て、くすっと笑った。

「言っとくけど、僕は父には感謝してるんだ。充分な教育を受けさせてもらったし、成人した時、今後経済的に困ることがないようにってこのマンションを生前分与《せいぜんぶんよ》でもらったしね」

生前分与って金で縁を切るみたいで、俺は嫌な感じがした。安藤がいいのならそれで、俺には関係のない話だけど。

「それでも経営の勉強をしてみたらどうだって、明らかに傾《かたむ》いてる会社を押しつけられて、なんか意地になったんだよね。組織を作り直して、経営を軌道に乗せて、それで気が済んだ。だから叔父《おじ》に返す」

言いながら、安藤はすっかり冷《さ》めたコーヒーを一口飲んだ。

「ねえ瀬尾君、面接のこと、覚えてる？」

安藤はカップをソーサーに戻し、ふと俺を見た。

「面接？」

「役員面接。君の住宅販売のポリシーをアピールしてみてくださいって質問あったでしょ。何て答えたか、覚えてる？」

最終の役員面接のことだ。確かにそんな質問もあった気がするけど、何を答えたかなんて覚えてない。

「何て言ったっけ。俺のことだから適当なこと言ってるよな」

安藤は「なんだ、覚えてないの」と笑った。

「え、そんな変なこと言った？」

「忘れてるならいいよ」

「えー、なんだよ、教えろよ。気になるじゃん」

「自分で思い出してみたら？　そしたら僕が何の実験してるかわかるかもしれないよ」

「ええー？」

思い出そうとしたけど、その時の思いつきを言ってるんだから無理だ。

「そういえば瀬尾君、その時に自分のこと、『前向きっていうより、無理矢理にでも前を向く性格です』って言ってたよね」

「ん？　そうだっけ」

「言ったよ。何があっても自分にいいように解釈《かいしゃく》して立ち上がる性格だって。本当にそんな感じだよね。明るくて」

「そうでもしないとやってられなかったからな、俺の場合」

ずっとやけくそのカラ元気で乗り切ってきたんだ。だから今のこの状態も、無意識にどこかで楽しんでしまっているのかもしれない。

そんなことを考えていると、安藤はじゃあ、と腰を上げた。

「また明日ね。面接の内容、ゆっくり思い出してて」

スタンガンを左手に構えて、右手で俺の手錠の暗証番号を見えないようにしながら素早く打ち込む。

「じゃ、それ脱いで」

手錠が外れると、安藤は一歩後ろに下がっていつものように俺にトランクスを脱げと指示をした。

「あんたが脱がしてよ」

いつもは「ハイよ」と脱いで渡すけど、ちょっとしたイタズラ心が湧いた。

「え？」

安藤が急にうろたえたように目を見開いた。

「あんたが脱げって言うんだから、あんたが脱がして」

言ってるうちに意地悪な気持ちになってきた。そもそもこんな好みの美形に裸になれって強制されて、それでいやらしい気持ちになるなってほうが無理だ。

「俺は脱ぎたくねーもん。そんくらいサービスしたっていいだろ？」

「……」

俺が本気で言ってるのを感じたらしい。安藤は決心したように近寄って来た。

「変なことしたら、遠慮《えんりょ》なくこれ使うからね」

俺の腹にスタンガンを押し付けて、安藤は低く囁いた。冷たいスタンガンの感触と、その掠《かす》れたような声に、じわりと欲情が強くなる。安藤は俺の前にひざをつき、トランクスのゴムに指をかけた。

「……」

勃起《ぼっき》してるのがあきらかな形状に、安藤は一瞬躊躇《ちゅうちょ》したが、決心したように一気にひざまで下ろし、俺を見上げた。

「足」

「なに?」

我ながら勢いよく上を向いたものに、安藤が赤くなって目をそらした。いい眺めだ。今にもそのまま口にくわえてくれそうで。

「足、上げて」

くわえさせるとこを想像したら、さらにでかくなった。俺の変化にきっと睨んで、安藤が脅《おど》すようにスタンガンをぐっと握りなおした。電撃ショックはくらいたくない。素直に足を上げて、脱がされるのに協力した。

「またな」

調理器具一式を詰め込んだスポーツバッグを肩にかけて飛び出すように出て行く安藤に、俺は朗らかに声をかけた。

肩越しに睨みつけた安藤はまだ頬を赤くしていた。

「エロ野郎!」

安藤がそんな下品《げひん》なこと言うのを聞いたのは初めてで、ちょっと驚いた。

言葉は荒いが目に険《けん》はなく、安藤は恥ずかしそうな顔でドアを閉めた。いつもより激しいその音に、滅多《めった》にない安藤の動揺を感じて、俺はいつまでもにやにやしてしまった。

4

俺がごみ箱に捨てられてた、というのを知ったのは、九歳の夏だった。

施設の統廃合《とうはいごう》があって、俺はそれまでいた小さい福祉施設から、母子寮が併設《へいせつ》された新しい施設に移った。

施設にいても、まったく身寄りがない子どもっていうのは、実は案外少ない。

週末は帰宅するってやつもけっこういたし、そうじゃなくても親戚《しんせき》とか兄弟とかはたいていみんないて、本当に一切何もない、っていうのは、その施設で、俺と二コ上の先輩だけだった。

それでも先輩は名前を親からつけてもらえただけ、俺よりもましだった。俺は名前さえつけてもらえずに捨てられた。だから俺の名前は、当時の市議会議員のおエライさんの名前から適当にとってつけられたのだ。瀬尾隆文。そんな名前は単なる記号だ。

夏の夜、俺たちは二人だけで肝試しをやった。

シュッセイのヒミツを探るんだ、と笑った先輩は、本当にあの時ただの肝試しであんなことをやろうと言ったのか、あとから考えたらそれは違うってわかる。先輩はもう十一歳だったたから、自分の親のことを少しでも詳《くわ》しく知りたかったんだろう。

ペンライトの小さな灯《あか》り。本当なら厳重《げんじゅう》に保管されているはずの資料や書類が、まだ引越しして来てそのままになっていた。

どうやって探したのか、そのへんはもうあんまり記憶にない。先輩が「あった」と囁き、黄ばんだぺらぺらの紙に白いボール紙で表紙をつけた、古い書類の束《たば》を引っ張り出した。

俺は自分が捨てられていたことは知っていた。だけどごみ箱に捨てられていたことは、あの時までは知らなかった。

派出所で取った調書のコピーは、黄ばんでいて、記入したおまわりさんの字はひどい癖字だった。漢字もほとんど読めなかったけど、自分がごみ箱に捨てられていたという事実だけは理解できた。

九歳の夏から、同じ夢をよく見る。

息苦しい箱の中、腐《くさ》った野菜とべたべたする紙コップ、早くここから出して欲しい、だけど泣くことしかできない。

体調が悪いとよく見る同じ夢。

うとうとしていて、うなされたらしい。気がついたら安藤が心配そうにベッドのそばにひざをついて俺を見ていた。

「だいじょうぶ?」

一瞬、安藤が誰かわからなかった。この夢を見て、目が覚めた時に誰かがいたのは初めてで、だから電気を背にしたシルエットに、思わず腕を回して引き寄せてしまった。

「瀬尾君？」

助けて。出して。夢の中の切羽詰《せっぱつ》まった感情そのままにしがみついた。カッターシャツの感触と、かすかな整髪剤の匂《にお》い。嫌な夢の記憶を払うようにもがいたら、安藤がぎゅっと抱きしめてくれた。

「大丈夫だよ」

落ち着かせようとしてくれている、そのことに安心した。全身から力が抜けるような安堵《あんど》にもう一度目を閉じかけ、それからはっと目を開けた。

「あー、あんたか」

ぱちっと頭の中のスイッチが入って、慌てて安藤を放した。

「瀬尾君、どこか悪いの？」

安藤が心配そうに覗き込んできた。そして俺の背中から手を離そうとしない。よっぽど怯えているように見えたんだろうと気恥ずかしくなった。

「いや、…何か変な夢見てて。はは」

ごまかすようにあくびをして起き上がると、安藤はしばらくじっと俺を見ていたけど、いつものように俺の右手に手錠をかけてポールに繋いだ。

ふっと安藤の体温が遠ざかって、寂しい気持ちになった。

この部屋に閉じ込められて、そろそろ一週間が経《た》つ。今日は少し遅くなると言ってたとおり、時計を見るともう日付が変わりそうな時間だ。疲れているはずなのに、安藤は今日も料理をするつもりらしい。

「遅くなってごめん。もう何か食べちゃった？」

「いや、あんたを待ってた」

「そう？」

嬉しそうな様子に、変な話だよな、と改めておかしくなった。一日一人でいるから、安藤が帰って来るのだけが楽しみになっている。安藤が俺を一日中一人にさせているのに。

寝起きで頭がぼんやりしていて、筋道《すじみち》立《だ》ったことを考えられない。

「瀬尾君、どんな夢見てたの？」

ワイシャツの袖を捲《めく》り上げながら、安藤が肩越しに聞いてきた。

「怖い夢？」

「いや、あー…ごみ箱の中の夢」

「ごみ箱？」

冷蔵庫を開けかけていた安藤が、驚いたようにこっちを向いた。

「いや、何か変な夢。体調悪いとよく見るんだ」

ぼんやりしてたから、ふだんなら絶対に言わないようなことをしゃべりそうになって、少し焦った。

施設育ちだとか、捨て子だったとか、暗い話をしたら白《しら》けさせてしまうから、俺はその手の話はしないことにしていた。安藤は俺の育ちを知ってるけど、それでもそんな話は聞きたくないだろう。

「もう遅いから、このくらいでいいよね」

少しして、いつものように安藤がお盆を持ってキッチンから出て来た。

「お、うまそう」

缶詰のスープにバゲット、温野菜のサラダ。安藤はだいぶ手際《てぎわ》がよくなった。

「いいよ、瀬尾君は何もしないで」

皿をテーブルに移すのを手伝おうとしたら、手錠の鎖が椅子《いす》の背に引っ掛かった。ベッド周辺しか動けない長さの鎖と手錠。

右手の手錠は不自由の象徴のはずなのに、今はその感触に安心している。

安藤が俺に執着《しゅうちゃく》している、その証《あかし》だ。

誰かに束縛《そくばく》されるのは生まれて初めてで、だから…俺はきっと嬉しいんだと思う。

それからふと「いつここから出す気なんだろう」と思った。

ずっと「早く出せよ」と苛立《いらだ》っていたけど、「もういいよ」って笑って言われた時、俺はどんな気持ちになるのか、今はちょっとわからない。

簡単な食事だったからすぐに済んで、安藤はいつものように片づけのためにキッチンに行った。

「そうだ瀬尾君、君の言ってたＤＶＤ買っておいたよ。その紙袋の中」

「ＤＶＤ?」

「僕にはどれも同じに見えるから、適当に選んだんだけど」

何のことだ、と袋の中を覗いて、俺はのけぞりそうになった。見覚えのある、一目でわかるゲイポルノ。パッケージにはあられもない裸の男が絡み合っている。

「どこで買ったんだよ、こんなの」

「ネットで注文したけど?」

声の裏返ってる俺に、安藤が不審《ふしん》そうに振り返った。

「僕みたいなのがタイプだって言ってたけど、自分じゃ自分のことカテゴライズできないから、よくわからなくて。そのタイプの一番人気みたいだったから、無難《ぶなん》かなって思ったんだけど。どう?」

そんな真面目に「どう?」って聞かれても。シリーズ全部揃えてくれてありがとう、とでも言えばいいのか？

「よければ使ってってね」

使ってって。やっぱりコイツは思考が斜め上だ、と脱力してる俺に、安藤はさらにたたみかけた。

「ちょっと僕も見てみたいんだけど、一緒に見ていいかな？」

「はあっ？」

いいわけないだろっ、と焦ってるうちに、安藤は手を拭《ふ》きながら近づいて来た。

「こういうの、見たことないんだ。ネットで注文する時にサンプル見たけど、すごく短かったし」

好奇心丸出しで、安藤はＤＶＤをセットした。やめろと騒ぐのも格好悪い気がして、俺は居《い》心地《ごこち》悪く安藤がリモコンを操作するのを見ていた。

「……」

お笑い芸人の身体を張ったギャグにも表情ひとつ変えない安藤なので、たぶんアダルトビデオも同じような反応だろうと思っていた。下手したら「この人、どこに性器入れてるの？」くらいのこと訊《き》くかもしれんと覚悟していた。

ところがどうした。

「…安藤？」

画面では大学生設定の二人がラブラブで絡み合っている。フェラしてもらってるほうが彼氏の髪を撫でて「気持いい…」と甘い声で喘《あえ》ぎ始めると、安藤は見る見る赤くなった。

「す、すごいね」

本当にアダルトものは見たことないらしい。真っ赤な顔で、それでも食い入るように画面を見ている。

「こんくらい普通だろ」

エロいこと覚え始めた中学生みたいな安藤の反応に、妙な気分になりかけて、俺はなんとか平静を装《よそお》った。

「そうなの？　瀬尾君もするの？」

何だ、その質問は。

「そりゃまあ、するよ」

「瀬尾君、こんなことするんだ…」

安藤は感心したようにＤＶＤと俺の顔を見比べて、急にうわあ、と言って目をつぶった。

「いやらしい」

「な、なんだそれっ。勝手な想像すんなよ！」

「だって」

「だってじゃない。もう切るぞ」

なんだか猛烈に恥ずかしくなって、安藤の手からリモコンを奪おうとしたけど、簡単にかわされた。

「いいじゃない。見ようよ」

「見たいんなら一人で見ろよっ」

もう一回、今度は本気でリモコンを取ろうとしたら、今度は逆に腕をつかんでひねりあげられた。そうだ、こいつは合気道の経験者だった。

「痛っ」

「あ、ごめん！」

でも喧嘩には慣れてない。ちょっとおおげさに騒いだら、安藤は簡単に騙《だま》された。

「へへ、馬鹿め」

「あーっ卑怯者！」

力を抜いたスキをついてリモコンを奪うと、怒った顔で飛びついてきた。なんか可愛い。

「痛いって」

「もう騙されない」

「本当に痛いんだって」

「嘘《うそ》つき」

半分じゃれてるみたいに俺と安藤はベッドの上でもみあった。だけどどっちも本気じゃない。

脇をくすぐってやったら、安藤はじたばた暴れて笑い出した。リモコンがベッドの下に転がって、はずみでＤＶＤが消えた。

「……」

いつの間にか安藤は暴《あば》れるのをやめて、俺を下からじっと見ていた。乱れた髪が色っぽくて、急に重なり合った身体の感触を生々しく意識した。

「リ、リモコン壊れるぞ」

心臓が突然激しく打ち始め、俺はベッドの下のリモコンを拾うふりをして動揺をごまかした。

「瀬尾君、コーヒー飲むでしょ？」

安藤の声も、心なしか上擦《うわず》っている。

「ああ、うん」

「ちょっと待ってて」

そそくさとベッドから離れて、安藤はキッチンに入ってしまった。

安藤は変なヤツだ。

見慣れた後ろ姿を見ながら、思った。

真面目なくせにいきなり人を監禁するような大胆さも持っていて、頭はいいみたいなのにちょっとどこかずれていて。

安藤を好きになりかけてる自分をはっきり意識して、俺はぶるっと首を振った。

監禁されてるほうが監禁してる相手に惚《ほ》れるなんて、そんなのは絶対に変だ。

「瀬尾君、ちょっと濃いめが好きだったよね？」

変だけど、…だけど俺は誰かにこんなふうに気を使ってもらったことがなかったから、おかしな気持ちになってしまう。

この頃瀬尾君、と安藤に名前を呼ばれるたびに、甘いものが胸にこみあげてくるのを感じていた。

一生懸命作ってくれた食事や、俺のために換えてくれる洗いたてのシーツ。夢でうなされて目が覚めた時に「大丈夫？」と聞いてもらえたのも初めてで、そんな小さなことがちょっとずつ胸に溜まっている。

そんなの無理矢理閉じ込められてる代償にしたらたいしたことじゃないだろ、と自分に言い聞かせてみても、優しくされた経験があんまりないから、たいしたことに思えてしまう。嬉しい、と思ってしまう。

今まで単なる記号だった瀬尾隆文、という名前も、安藤の声で呼ばれるたびに、少しずつ自分に馴染《なじ》んできている気がする。理不尽に閉じ込められているのに、安藤に腹を立てられない。変だとは思うけど、一度意識してしまった感情はごまかすのが難しかった。

いつも一緒に見ているニュース番組はとっくに終わっていて、今は深夜放送の時間帯だ。

一緒にコーヒーを飲んで、いつもはそれからもしばらくいるのに、安藤はカップが空になると、床に置いてあったスポーツバッグを取り上げた。

「帰るのか？」

明日は休みだと言っていたから、もうちょっとゆっくりしていくのかと思っていたのに。

安藤は少しためらってから、俺を見た。

「外に行ってみる？」

「えっ？」

「明日は僕も休みだし、今から少し外に出てみよう」

一瞬、監禁もこれで終わりか、と思ったけど、違った。安藤は緊張した表情で俺を見た。

「体調が悪いと見る夢を見たんでしょ？　それ、ストレスだと思うんだ。ずっと気になってたけど、そろそろ限界かもね」

要するに外気《がいき》に当てないとまずいだろうという配慮らしい。

「もしも君が逃げようとしたら、可哀想だけど、これを使うから」

「……」

いつもより一回り大きなサイズのスタンガン。俺の動揺を、安藤は逃げるチャンスをうかがっているのだと受け取ったらしい。違う。

俺は、自分が逃げる気がないことをはっきり自覚して動揺していた。

安藤は、運動不足の犬を散歩させるように俺の右手を自分の左手に繋ぎ、「行こうか」と促した。

安藤の細い手首と繋がった鎖は軽金属で細く、あまり目立たない。

繋がれて安心していることに、改めて驚いた。


一週間ぶりに外に出ると、車の窓から見える街はすっかりクリスマス仕様になっていた。道路の標識《ひょうしき》を読もうとしたけどうまくいかなくて、まだここがどこかよくわからない。

いずれこうして外に出さなくてはならない時期が来ることは想定済みだったらしく、安藤はちゃんと俺の服を用意していた。ジーンズにセーター、久しぶりに着る服は、やたらと重たく窮屈《きゅうくつ》に感じて、すっかり裸でいることに慣れてた自分がちょっと情けなかった。

部屋のすぐ前に設置されたエレベーターから地下駐車場に降りて、この車に乗せられた。コンパクトタイプのベンツはリアシートに仕事用らしいノートパソコンや地図がごちゃごちゃ載せられている。

「色気のない車だな。女乗せたりしねえの？」

探るつもりで訊いたら、安藤は「そんな人いないよ」と真面目に答えた。

「昔からそういうことには縁がないんだ。興味もないしね」

さっきのＤＶＤの反応からしてそうだろうな、とは思ったが、はっきりそう聞いてなんか安心した。

「けどモテるだろ？」

「いや、全然」

「そりゃ気づいてないだけなんじゃねえの？」

げんに今も、…俺がけっこう本気になってるってことには気づいていない。かなり鈍感《どんかん》なヤツだと思う。

運転するのに鎖がじゃまになったらしい。安藤は自分のほうの手錠を外した。軽くなった手首がなんとなく物足りない。

車で辺《あた》りを一周するだけかと思っていたのに、安藤はビルのパーキングに車を入れた。

「外、出るのか？」

「少し散歩しよう」

安藤は俺にコートを渡して手錠を嵌め直した。安藤の左手と俺の右手。

互いに自分のコートのポケットに深く手を突っ込んで並んで歩くと、夜のせいもあって手錠は目立たない。

「どこ行くんだよ」

「散歩だから。外の空気吸って」

安藤にはよく知った場所らしく、パーキングを出ると、こっち、と俺を路地《ろじ》に誘導した。レストランの裏口からごたごたしたアパートの敷地を通ると、急に視界が開けて、綺麗に舗装《ほそう》された河川敷《かせんじき》に出た。

ゆったりした幅の広い川は、近くのマンションからの明かりで川面《かわも》が光り、巨大なイルミネーションのように見える。

「どう、外。寒くない？」

「ああ、外はいいいな」

たとえ鎖つきでも、久しぶりの外気に解放感を覚えて、思わず深呼吸をした。

「昔、あそこのマンションに住んでたんだよ」

安藤が川の向こうのマンションを指差して、懐《なつ》かしそうに言った。暗くてよくわからないが、三階建てのこぢんまりとした建物だ。

「昔って、引き取られる前？」

「うん。お母さんが入院する前まで、二人で住んでた」

「ふうん……」

お母さん、という言葉になんとなくどきっとしたが、マンションを見ている安藤の横顔には特別な感情は読み取れない。

「お母さん、優しかった？」

ふと静かな湖面に石を投げてみたくなった。何か反応があるだろうと思ったが、安藤は平静な表情を崩さなかった。

「普通じゃないかな。子どもが好きってタイプじゃなかったし、愛人って立場上、子どもがいたほうが有利だって判断して僕を産んだんだろうね。優しくはなかったけど、でもまあ、ほんとに普通だったよ」

河川敷の遊歩道は、俺たちの他に誰もいない。いったい何回安藤はここに来たんだろうな、とふと思った。あんな複雑な路地を迷わず歩けるようになるには、一回や二回じゃ無理なはずだ。

「ここ、よく来るの？」

「うん。なんとなく、ここに来ると落ち着くんだよね」

「……」

変なヤツだな、と胸の中で呟《つぶや》いた。

なんだかつかみどころのない安藤の言動には、本人にすらわかっていない、いろんな感情が詰まっている気がする。

それからは何も話さず、しばらく二人で川沿いを歩いた。触れ合う鎖が乾いた音を立てる。頬をかすめる夜風は冷たく、息も白くなっているのに、こうして並んで歩いていると、もっとこの時間が続けばいいな、と思ってしまう。

「なあ、せっかく外に出たんだし、ついでにどっかでお茶でもしようぜ」

「えっ」

遊歩道の端まできて、安藤がそろそろ帰ろう、と言い出す前に、俺は半分冗談のつもりで言った。安藤はえらく困った様子で足を止めた。

「でも、お店とかは…ちょっと」

交渉の余地があるとは思ってもいなかったから、安藤の逡巡《しゅんじゅん》にかえって驚いた。俺が思っていたよりもずっと、安藤は俺を監禁していることに負い目を感じている。そのことに急に気がついた。

少しでも快適に過ごせるように心を砕《くだ》いてくれているのはよく知っているが、考えてみれば、今こうして外に出すというのは、よほどリスクを覚悟しないとできないことだ。俺の精神衛生を守るために、あえて危険を冒《おか》してくれたんだと思うと、じんわりと嬉しくなった。

「絶対逃げたりしないって」

もうちょっとこの散歩を楽しみたかったし、逃げないことを証明したかった。

「一週間、あの部屋で大人《おとな》しくしてたんだぞ？　そのくらい、いいだろ」

見上げてくる色っぽい大きな目。俺はこの目にどうにも弱い。

「持ってんだろ？　スタンガン。無駄なことはしないって」

「……」

俺は安藤とパーキング近くのカフェに入った。

5

もしかしたらオーダーストップです、と断られるかもな、と思っていたが、カフェエプロンをつけたギャルソンは愛想《あいそ》よく席に案内してくれた。夜はバーとして営業する店らしい。

安藤は少し迷っていたが、結局手錠は外さなかった。店は照明を落としてあったし、かなりごちゃごちゃした内装だったことも幸いして、俺たちがコートのポケットに手を突っ込んで寄りそうように歩いても、あまり変には見えないはずだ。

店内は低くボサノバがかかっていて、夜はバーの客のほうが多いようだった。

店の入り口からは普通のカフェのように見えたが、この長細い店の造りには思い当たる節《ふし》がある。

ギャルソンがちらっと振り返ったので、俺は目配《めくば》せをしてみた。思ったとおり、あごひげのギャルソンは急に共犯の笑顔を浮かべ「奥のお席のほうがいいようですね」と囁くように言ってきた。安藤が不審そうに俺を見上げたが、俺が当たり前のようにうなずいたので、そのままギャルソンは奥まったソファ席のほうに案内してくれた。

思いがけないなりゆきに、俺は内心で「こりゃ面白いことになったかも」とにやにやしてしまった。

この店は、ゲイの社交場だ。発展場とか、あからさまに相手を探すような店ではないから、表向きは普通のカフェバーとして営業していて、そっちの趣味の客が来た時だけ奥に通す。三段ほど低くなったソファ席のスペースは、俺にとってはお馴染みの場所だった。深いボックス席と、ひときわ暗い照明。

「なんか落ち着くね」

手錠が目立たない、という意味でそう言ったのだろうが、ソファ席に並んでぴったりくっついても当然の店だってことにはまだ気づいていない。

「落ち着く落ち着く。なあ、何か飲もうぜ、せっかくだからさ」

メニューを仲良く覗き込みながら、それでもその時は口説こうなんて思ってなかった。安藤はストレートだから可能性はない、と俺は最初から諦めていた。ただ以前はこの手の店でいろんなヤツを口説きまくった、という記憶が俺をそそのかした。一週間監禁されたんだ、ちょっとからかうくらいは許されるだろう。

手錠が気になる、というふうを装って、俺はぐっと安藤に身体を寄せた。

「何飲む？」

安藤にメニューを見せながら、通りかかったギャルソンに手を上げた。

「あの…瀬尾君、ここって」

安藤がオーダーしようと顔を上げ、急にこわばった。安藤の視線を辿《たど》ったら、通路の向こうで男同士のカップルがキスをしていた。その手の店だとようやく気づいたらしい。俺は笑いをかみ殺した。

「そうそう、俺みたいなのが集まる店。言っとくけど偶然だぞ？　あんたがここに連れて来たんだからな」

安藤はぎょっとしたように微妙《びみょう》に腰を浮かせかけたが、ギャルソンが「お決まりですか？」と微笑んだので仕方なさそうに座り直した。

「何にする？」

「え、ええっと…」

僕は車だから、とか何とか言っていたが、後ろの席にかなりでき上がったカップルがやって来て、いきなりいちゃつきだしたので安藤は固まった。

「せ、瀬尾君」

「ん？　ビールでいいよな？」

「う、うん」

ネコちゃんが「あん」とか「もうそこばっか触らないでー」とか可愛く煽《あお》っているのが聞こえてきて、安藤は硬直している。さっきはＤＶＤでバーチャルだったからまだ余裕があったが、すぐそこでの行為は安藤には刺激が強すぎたらしい。返事をする余裕もなさそうだったから、ビールとつまみを適当に頼んだ。

「そんなビビらなくても、いきなり本番やらかすような店じゃないからさ」

「ほ、ほ、本番?」

声が裏返っている。

「だからこの店はそういう店じゃないって」

それにしても後ろのカップルはどうやら既にかなり飲んで来たようで、いちゃいちゃはエスカレートする一方だった。

「瀬尾君、早く帰ろうよ」

「だって、まだフードメニュー来てないぞ?」

安藤の空になったグラスをかざし、すぐ近くを通ったギャルソンにお代わりを頼んだ。

「な、なんかすごいね。後ろ」

「そうか?」

後ろのネコちゃんが際どいことを言うたびに安藤は動揺してグラスに口をつける。運ばれてきた二杯目もすぐに飲んでしまい、俺がさりげなくオーダーしたバーボンのロックにも手を出した。

「み、見ちゃだめだよ」

俺がチラッと後ろに目をやろうとすると、慌てたように腕を引っ張った。目元が酔いで赤くなってて、くそ、やっぱり色っぽい。

「瀬尾君？」

思わず肩を抱いて引き寄せると、鎖がちゃり、とかすかな音を立てた。それが背すじにぞくっとくるほどエロティックに聞こえて、内心でどきりとした。これ以上はやばい。俺は自分に規制をかけた。からかうにしても、やり過ぎはダメだ。

引き寄せた肩から手を離したが、安藤はそのままの姿勢を崩さなかった。嫌がってはいない、という事実に、俺はつい欲張った。もう一度、そっと安藤の背中に腕を回す。安藤は身体を固くしたけど、やはり強い拒絶の雰囲気はない。酔いも手伝って、ただひたすらうろたえている。可愛い。

俺も久しぶりに外に出て、どこかテンションがおかしくなってるみたいだ。感情が制御できない。

「俺さ」

何か考える前に、口が勝手に動いた。安藤が見上げてきて、酔いで潤《うる》んだ瞳と目が合った。

「俺、あの、…あのさ、俺、あんたのことが好きになったみたい」

言ってしまってから、しまった、と奥歯を嚙《か》み締めた。こんなシチュエーションで言ったって説得力《せっとくりょく》なんかゼロだ。下手したら馬鹿にしてんのかって怒らせてしまう。

「え？　何？」

安藤はとろんとした目のまま聞き返してきた。よく聞こえなかったらしい。急いでごまかそうとした時、安藤の手が俺のひざに乗った。じん、と痺《しび》れるような感覚に、鼓動《こどう》が速くなる。

「いま、なんて言ったの？」

舌足らずな声が耳元でして、もう、どうにもならなかった。かっと頭の中が熱くなって、酔いが回る。

「瀬尾君？」

「か、帰ろう」

これ以上ここにいたら、嫌われるようなことをしてしまう。立ち上がろうとしたのに、安藤は動かない。手首の鎖がじゃらっと音を立て、安藤が困惑《こんわく》したように俺を見上げた。

「ごめん…、急に飲んだから、足にきたかも。ちょっと待って？」

「ま、待ってって、けど、このままだと…」

どうも俺の葛藤をわかっていないらしい。安藤は、はあ、と色っぽい息をついて、仕方なく座り直した俺に体重を預けてきた。

「おい、ちょ、ちょっと…」

眠くなったらしい。安藤は俺の肩に頰を擦《こす》りつけるようにして、また可愛らしいため息をついた。助けて。

「ダ、ダメだって。なあ、頼むよ」

からかおうとか思って、本当にごめんなさい。神様許してください。もうしません。下半身がすごいことになってて、どうにかしないと立ち上がれない。

「眠い…」

「って、寝るなよ！」

まともに首すじに息がかかって、俺のひざのところにあった安藤の手がちょっと動いた。そんな小さな刺激で、もう限界だった。俺はごくりとつばを飲み込んだ。喉がからからだ。

「な、ちょっとだけ…ちょっとだけだから、触っても、いい？」

「うん？」

心臓がすごい勢いで稼働《かどう》していて、痛いくらいだ。ジーンズの前も。

半分眠りかかっていた安藤が、薄く目を開ける。長い睫《まつげ》が動いて、俺をぼんやり見上げた。

「なに？」

「す、好きなんだ、だから」

こんなことしたくて適当なことを言ってる、と誤解されたら嫌だ、と焦るのに、下半身からの欲求をどうにもできない。そろっと安藤のひざを手のひらで触ると、さすがにはっきり目を覚まして、安藤はびくっと目を見開いた。

「ごめん」

「え？　なに？」

俺の手に気づいて、それでも後ろの席も同じような展開になってるからか、安藤ははっきりと拒《こば》まない。

「せ、瀬尾君…？」

「ほんのちょっと触るだけ。頼むよ。俺はあんたの言うこと聞いて、一日中大人しくしてるだろ？」

「あっ」

我慢できなくて、スーツの生地ごしに撫でると、安藤は大きく呼吸を乱した。そして俺の手を払おうとはしない。代わりにうつむいて、テーブルの端に指をかけている。思い切ってベルトを外し、中に手を入れると、その指にぐっと力が入るのがわかった。

うつむいて唇を噛んでいる横顔がたまらない。なんだか小さな子どもにイケナイことしてるみたいで、そんな趣味はなかったはずなのに、どうしようもなく興奮した。

「あっ、…あっ」

なんてエロい声を出すんだ。俺は相当興奮してしまった。下着の上から撫でただけなのに、安藤の硬くなったものがじわっと湿ってきた。たまらなくなって、下着のゴムをくぐって直接触った。

「あ」

びくっと身体を引く気配にもそそられる。

「あ、…」

初々《ういうい》しい反応と、生々しい手の中の感触に、つい息を荒げてしまう。今更ペッティングくらいでそんな興奮すんなよみっともねえ、とちょっと自分に呆《あき》れたけど、興奮するものは興奮するんだからしょうがない。じっとり湿ってびくんびくんする安藤のはちょうど俺の手の中に収まるサイズで、触り心地も最高にいい。

「な、なあ…ちょ、ちょっとだけ…」

「え」

俺のも触って、と囁いたら安藤が潤んだ目でこっちを見た。恥ずかしそうな顔がたまらなくエロい。

「握ってくれるだけでいいから」

「……」

酔いも手伝って、なんだかもうわけがわからなくなってるんだろう、安藤は案外素直に俺のを握った。柔らかな指の感触と、そのおずおずした触り方に、痺れるような快感が広がる。

「な、この店、ホントはこういうことしたらマズいんだよ。見つかんないうちに…」

「あ」

搾《しぼ》るように指を上下に動かすと、安藤は息を大きく吸い込むような呼吸をして竦みあがった。その様子を眺めながら、俺は安藤の手に自分の手を重ねて動かした。一緒にいけそうだ。

「……う…っ」

ぶるっと太腿《ふともも》が震えるのがわかった。俺は一瞬早くテーブルのお絞《しぼ》りをつかみ、安藤が服を汚さないようにキャッチして、それから自分もフィニッシュした。こういうのには慣れっこだけど、快感に集中できなかったぶん不完全燃焼の欲求が腰のあたりにわだかまっている。

「はーっ、……は…」

安藤のほうは翻弄《ほんろう》されるまま、快感を得ることができたらしい。脱力して素直に俺の肩によりかかるのがまた可愛い。

「帰ろう」

興奮して上擦ったような声になってしまったのがちょっと恥ずかしかった。俺は安藤の手を離させ、なんとか身づくろいをした。使ったお絞りをパッケージのビニールに戻してコートのポケットに突っ込み、伝票を取って立ち上がる。

「わっ」

つい手錠のことを忘れてて、じゃらっと耳障《みみざわ》りな音を立ててしまった。後ろの席のカップルがぎょっとしたようにこっちを見て、俺たちの手錠に気づいたけど「プレイ中か」という顔で目配せし合ったのが、妙におかしかった。

飲んでるから、帰りはタクシーを使った。男同士で寄りそってる俺たちに運転手はあきらかに引いてたけど、安藤はずっとどこか惚《ほう》けたような顔をしていた。そして部屋に入るとまた「服を脱いで」と言い出した。

「あのなあ」

心底呆れて、俺はどこまでもかみ合わないことを言う、好きな相手の顔を見た。

「今俺に脱げって言うなら、あんたが脱がして？　そんで脱がしたら、俺それなりのことするよ？　あんたに惚れてるんだから」

急に首まで真っ赤になった安藤は、うろたえたようにうつむいた。

「第一、もう逃げたりしないのわかってるだろ？　タクシーで帰って来たんだぞ。逃げようと思ったらあの店でも逃げられてたし」

「……」

「頼むよ、あんたがストレートでその気がないのはわかってるけど、あんまし煽らないで」

さっきの可愛い声を思い出したら、不完全燃焼の下半身が疼《うず》き出した。

「ちょっと便所行ってくるから、コーヒー淹れてて」

こういう時は抜いとくに限る。さくっと抜いて、それで安藤とちょっとコーヒーでも飲もう。そう思っていたのに、部屋に戻ってみると、安藤はちょこんとベッドの隅に座っていて、見ると壁によりかかって眠っていた。お盆の上には俺が頼んだコーヒーが律儀に載っている。

考えてみれば、この一週間は安藤だって緊張の連続だっただろう。会社行って仕事してから、ここで慣れない家事をしてたんだから疲れてて当然だ。それで最後はあんなことまでしたんだから。

そこまで考えて、ちょっと笑ってしまった。脱力して俺の肩によりかかってきた安藤の重みを思い出すと、やるせない気持ちにもなる。

そっと安藤をベッドに横たわらせたら、うん、と可愛い声を洩《も》らした。それでも安藤は目を覚まさなかった。好きでたまらない目元の泣きぼくろが、目を閉じているといっそう色っぽい。

「せ、瀬尾君」

上着を脱がせてやれないかと腕を取ったら声がして、起きたのかと思ったけど、寝言《ねごと》だった。

「瀬尾君…」

俺の夢を見てくれてるのかな、と思ったらじわっと嬉しくなった。

俺はちょっと格好つけて、安藤の額にキスをした。唇にしたかったけど、我慢した。

片思いだから、許されるのは額までだ。

6

朝、目を覚ました時の安藤の様子はちょっと見ものだった。

「瀬尾君」

目を丸くしてベッドから起き上がった安藤は、キッチンから顔を出した俺を見て、さらに大きく目を見開いた。

「おはよう。メシできてるぞ」

俺は爽やかに笑ってみせた。

安藤と違って、飲食店のバイトをけっこうしていた俺は、料理にはそこそこ自信がある。いつも安藤が持ち込んでくるスポーツバッグから調理道具の一式を使い、朝メシを作っておいた。クロワッサンサンドとコーヒーの簡単なものだけど、それでも安藤が一生懸命作る、味の締りがイマイチ悪い料理よりはおいしいはずだ。

「食おう？」

「う…うん」

昨日のことをはっきり全部思い出していないのか、安藤はしわくちゃのスーツのままぎこちなくテーブルについて、曖昧な顔でクロワッサンを一口かじった。

「おいしい」

びっくりしたように言った安藤に、俺はどきどきしながら聞いた。

「あのさ、昨日のこと、覚えてる？」

安藤はぎょっとしたように目を見開いた。どうやらどこまでが本当のことなのか、半信半疑でいたらしい。

「昨日のこと、って、……散歩に行ったんだよね？」

「そう。それで、一緒に店で飲んだ。覚えてる？」

「……」

安藤は首まで赤くなって、いろいろしたことまでも覚えてるのは明白《めいはく》だった。

「俺が言ったことは？」

したことも覚えてて欲しい気がするけど、とにかく一番重要なのはそこだ。安藤はそれには返事をしてくれなかった。

「瀬尾君、逃げなかったね」

俺の手に手錠がかかっていないのを確認するように見て、安藤が呟くように言った。

「逃げたりしねえよ、俺、あんたに惚れてるのに」

忘れたって言うんなら、もう一回言うまでだ。安藤は不思議なものを見るように、俺の顔をまじまじと見つめた。

「なんだよ。俺がゲイだってことは知ってるだろ？　あんたがタイプだってのも」

こうなってみて、俺は本気で口説いてみるつもりになっていた。安藤は間違いなくストレートで、おまけにそっちに関しては恐ろしく奥手らしい。だけど可能性はゼロではない。

実験とやらが何なのか、どういう理由で監禁したのかはわからない。けど、嫌いなやつにあんなにせっせと世話はしないはずだ。

ゆっくり時間をかけて、好きになってもらえるように努力したら。そしたら受け入れてくれるかもしれない。それで——それでいつか、俺の夢を叶えてくれるようになったら。そうしたらどんなにいいだろう。

「無理に今返事しなくていいよ。でも俺の気持ちだけは知っといて。俺はあんたが好きなんだ」

「でもそれ、瀬尾君の本当の気持ちじゃないと思うよ?」

「え?」

安藤は手についたクロワッサンのかけらを払った。さっきまでうろたえたり動揺したりしていたのに、もういつもの安藤に戻っている。

「ねえ、面接で聞いた質問の答え、思い出した?」

安藤が急に話を変えた。そんな話してないだろ、と思ったけど、安藤の言い方に、関係のあることらしい、と気がついた。

「住宅販売のポリシーだっけ? 覚えてねえよ」

あれから何回も考えたけど、さっぱり思い出せない。

「じゃあこの業界を志望した理由っていうのは覚えてる?」

安藤はすっかり自分のペースを取り戻して落ち着き払っている。なんとなく、嫌な予感がした。

「ああ、俺、高校中退だろ。だから学歴にあんまりうるさくない業界だっていうのが一番の理由」

答えているうちに、就活中の時のことを思い出してきた。

「それと、俺、施設で育ってるから、家っていうのに単純に興味があったんだよな。だから不動産業ってのもいいよなあって…あーっ、思い出した、かも」

急に記憶が蘇ってきて、思わず声が大きくなった。

「思い出した？　では、君の住宅販売のポリシーを聞かせてください」

安藤が面接官のように聞いて、俺は背すじを伸ばした。

「住めば都といいますが、住んでいるうちに愛着《あいちゃく》を持ってもらえるよう、お客様に最適の住まいを見抜いて、まずはそこに住んでもらえるように努力します。そして愛着の持てる住まいになるよう、私も物件に愛を持ちます」

「そう、そんな感じ」

ちょっと笑ったが、安藤はすぐ真面目な顔に戻ってうなずいた。

「僕もその時、似たようなこと、考えてたんだよね。だからすごく記憶に残ったんだ」

「似たようなこと？」

「行動から感情を動かすことって本当にできるのかなって」

意味がよくわからない。安藤は言葉を選ぶように、少し考える顔になった。

「住んでるうちにその家に愛着が生まれるってことは、心は行動で変えられるってことだよね？　おかしいから笑うんじゃなくて、笑うからおかしくなるんだっていうのも聞いたことがある。だから、誰かを好きになるのも同じようなものなのかなって」

何が言いたいのかわからなかったけど、ふっと小さな引っ掛かりが生まれた。安藤はいったん話を止めて、コーヒーを飲んでいる。…自分が何に引っ掛かっているのか考えようとして、胸に何か冷たいものが満ちてくるのを感じた。

「君の面接してた時にはもう、決算終わったら退職するつもりだったんだよね」

空になったカップをソーサーに戻しながら、安藤がまた話を変えた。

「別会社をつくるつもりだったけど、僕一人で生きていくのなら働かなくちゃならない理由ってないし、なんだか、ずっと力が出ない感じだったんだ。このままずっと一人なら、もう何かもどうでもいいって」

安藤が目を上げて俺を見た。目に力がある。なんとなく、どきっとした。

「僕は一人でも寂しくない性格で、誰にも興味が持てない。だから試してみようと思った。世話をすることで人を好きになれるのか、本物の愛着が生まれるのか。あの時、面接しながら君の履歴書を見てて、思ったんだ。係累のない、精神力の強そうな男性なら、あとからできる限りの埋め合わせをしたら、僕の実験を許してもらえるかもしれないって」

「…俺を監禁して、世話することが、実験？」

「うん」

驚いた。変なことを考えつくやつだ、と笑おうとしたけど、できなかった。胸の奥がぎゅっと絞られるような引っ掛かり、これは…。

「誰でもいいから、その人の世話を全部してみたかったんだ。僕は誰かのためになにかをしたって経験がなかったから。それで人並みの感情を持てるようになれるかもしれないって思った」

聞きながら、突然、自分が何に傷ついているのかわかった。

「…誰でもよかったのか」

言葉にしたら、そのことがリアルに迫った。

しばらく姿を消しても誰も心配しない、そういう人間だったら誰でもよかったんだ。

「そうだよ。条件に合う人なら誰でもよかった」

安藤はごく冷静に答えた。

「でも俺は」

指が震えているのをごまかすために、俺は自分のコーヒーカップを意味なく触った。

「でも俺は、俺だけのためにメシ作ってくれたり、体調を心配してくれたり、うなされてるのを起こしてくれたり、そんなことしてくれたのあんたが初めてで、だからすごく嬉しかったし、どうしようもなくあんたが好きになったよ」

「…実験の副産物だね。君にまで本人の意思と関係のない感情が起こるなんて、そんなことは想定してなかったんだ」

　安藤がまるで会社の不祥事に頭を下げる会社役員のように謝った。

「その点は本当に申し訳なかったと思ってる。ややこしい思いさせて、悪かった」

「ややこしい思い？」

　今のこの気持ちが？　たぶん顔色が変わっていたんだろう。安藤は気の毒そうに俺を見た。

「だから、それは君の本当の気持ちじゃないよ。ただの実験の副産物」

　断られる可能性は考えてた。でも好きだということすら認めてくれないなんて、そんなことは想像もしてなかった。

「だけど、だけど俺は、本当にあんたが好きなんだよ！」

　焦燥《しょうそう》に声が上擦った。俺が冷静さを失うのと反対に、安藤はますます落ち着き払った。

「だから、それは錯覚《さっかく》だよ」

「違う！」

「違わない。じゃあそれが本当の君の気持ちだって、証明できる？」

「……」

「できないでしょ」

　突然突きつけられた難題に、心がバラバラになるような感覚を覚えた。破片になって飛び散った感情は、最初からあったものと、あとから混ざりこんだものが一緒になって、判別できない。

「君だって誰でもよかったんだよ。食事を作って、シーツを換えて、君の興味のあることにつき合ってくれる人なら、誰でも。そうじゃないって言い切れる？」

「……」

わからない。わかっているのは、俺に優しくしてくれたのは目の前にいる安藤で、俺はその安藤のことが好きになったっていうことだけだ。

「そんなのが恋愛感情なわけがない」

声は穏やかだったが、心臓にまっすぐ突き刺さった。手品《てじな》を見ているようだ。あったはずのものが急に消えて、なかったものが現れる。自分の感覚が信じられない。

「僕の身勝手な実験につき合わせて、本当に申し訳なかった」

もう一度謝り、そして安藤は軽く止《とど》めを刺した。

「でももう実験は終わった。だから帰っていいよ」

用済みの印を押されて、ずん、と胸に大きな衝撃が走った。

「ちょっと僕もあの頃は精神的におかしかったんだと思う。でも、そんな言い訳が許されるわけないし、もし訴えたければ君の気が済むように処分を受ける覚悟はあるよ。もちろん僕にできる限りの補償もするから、君の要望…書面でも…もし…」

安藤の声が、どこか遠くから聞こえる。

帰っていい、と言われて、そこで俺は思考停止してしまった。安藤のしゃべっている内容の半分も理解できない。こんなふうになったのは生まれて初めてだ。どんな時でも最善策を考えて速攻《そっこう》で動く、というのが俺の信条だったのに。

俺はただぼうっとして目の前の好きでたまらない相手を見ていた。

「瀬尾君？　聞いてる？」

「実験の結果は？」

「え？」

頭の中がぐちゃぐちゃで、何も筋道立てて考えられない。そのぶんストレートに知りたいことだけが口をついた。

「それだけ教えてよ。俺の世話をして、それで？　俺のこと、好きになった？」

安藤は一瞬口ごもった。

「でもこれも、僕の本当の気持ちじゃない」

自分がふらっと立ち上がったことに、安藤が見上げるまで気づかなかった。

「家まで送るよ」

安藤も急いで立ち上がり、「あ、車は置いてきたんだった」と困ったように言った。

「一人で帰れる」

「でも」

「一人になりたいんだ」

とりあえずタクシー代、と渡された紙幣を握って、俺は一人で部屋を出た。

何にこんなに衝撃を受けているのか、もう自分でもよくわからなくなっていた。とにかく一人になりたい。

あとから必ず代理人をそっちに行かせるから、と背中で安藤が言っている。俺は黙ってドアを閉めた。

7

平日の昼過ぎ、市バスはほとんど俺の貸し切り状態だった。

朝から天気が悪くて、バスから降りると冷たい風がジャケットの裾《すそ》をはためかせた。古い住宅街を少し行くと、灰色の建物が見えてくる。駐輪場の脇を通り、職員室を窓越しに覗くと、俺の一番好きな職員さんがパソコンに向かっているのが見えた。

「三上さん」

窓をノックしたらこっちを向いて、ちょっと目を見開いてから、にっこりしてくれた。一昨日からずっと胃の中に溜まっている重たいものがその一瞬だけなくなった。

「瀬尾君、寒いでしょ、入っておいで」

「うん」

丸い眼鏡《めがね》にショートカットの三上さんは、その辺を歩いてる普通のお母さんにしか見えない。ふくよかでにこにこしてるけど、怒る時は本気で怒る。俺が中学に入ったくらいに別の施設から転勤してきて、それからずっとここで俺たちの世話をしてくれていた。

俺が建物に入ってスリッパに履《は》き替えたりしてるうちに三上さんはコーヒーを淹れてくれていた。十数人の机のある職員室には、今日は三上さんしかいない。

「もうすぐクリスマス会だからね、今、みんな講堂で飾りつけしてるの」

「じゃ、これ。ちょっとだけだけど」

俺は毎年クリスマスには、寄付をしに来ることにしていた。普通の人が実家に帰省して親にお小遣いあげるようなものだ。俺も子どもの頃はクリスマスには施設を出た先輩たちの寄付でプレゼントを買ってもらったから、この習慣だけは守ってきた。

「いつもありがとうね」

封筒を受けとりながら三上さんが嬉しそうに目を細めた。子どもの成長を喜ぶ親みたいな顔に、やっぱり来てよかったな、と思った。

アパートに戻って二日経っていた。

代理人に連絡させるから、と言っていたが、まだ連絡はなく、何もせずにぼうっとしてると果てしなく落ち込んで、とにかく外に出ようとここに来た。ずっとまともなもの食ってなかったから、温かなコーヒーが胃にしみる。

「仕事はどうなの？」

「順調っすよ」

嘘だけど、少しは蓄《たくわ》えもあるし、年があけたらまた同じ業種で仕事を探すつもりだからまるっきりの嘘じゃない。

「困った時には早めに相談するのよ。瀬尾君は身体丈夫だし、賢い子だけど、すぐに喧嘩するからね。怪我《けが》が心配」

「へへ、でももう喧嘩なんかしてないですよ」

「そう？　でも売られた喧嘩は買うでしょう？　負けるってわかっててても突っ込んでいっちゃうからねえ」

「もうしませんって」

一番最後にやった時は、確かにちょっとヤバかった。誰かが救急車呼んでくれたから助かったけど、あのままだったら今頃どうなっていたかわからない。

でも考えてみたら、あの初めての入院生活は、俺にとってはけっこう重要な期間だった。

退屈で死にそうになって、初めて本を読むことを覚えたし、いろんな人と知り合った。待合室に置いてあった小さな本棚には啓蒙書《けいもうしょ》みたいのも多くて、その時はそれほど感銘《かんめい》を受けたって記憶はないんだけど、退院したあと、じわじわいろんなこと考えた。医者が、君は不死身《ふじみ》だ、と俺の快復力に驚いてたけど、それってマジにすげえことなんじゃねえの、とやっと気づいたのだ。

病院にいると、気の毒な人をたくさん見る。俺は自分のことを可哀想だと思ってたらしいけど、全然可哀想なことなんかなかった。

俺は五人がかりでやられても半月で快復《かいふく》してしまう丈夫な身体を持っている。嫌われても疎《うと》まれても、それがどうした、と開き直れる精神力もある。それだけすごいものを神様からもらってるのに、たった一回母親に見捨てられたくらいで、何を拗《す》ねてんだ、と自分があほらしくなったのだ。

退院してから、せっかくだから生まれてきてよかったたって思ってみたい、初めてそう思った。心からそう思えたら、それでもう死んでもいい気がした。

そのあと誕生日に三上さんから夢が見つかるといいね、ってメールをもらって、俺は改めて考えてみた。

何をしたいのか、何が欲しいのか。

そしたら俺の欲しいものはひとつしかなかった。家庭だ。

俺は、家庭を持ちたかった。憧れていた。

俺はゲイだから普通の家庭は持てない。だけど好きな人と暮らすことはできるはずだ。

だから努力した。

ちゃんと就職して、金を貯《た》めて、綺麗なマンションを借りる。それが当面の目標だった。好きな人を見つけても、きちんとした生活を手に入れていないと、俺が憧れているような「家」にはならないと思ったから。

ずっと思い描いていた「その人」は漠然《ばくぜん》としたイメージだったけど、今は細部まで顔を思い描ける。目元の色っぽい泣きぼくろまで。

でもその感情すら受け取ってもらえなかった。それは君の本当の気持ちじゃない、と言い切った安藤の目を思い出すと、どうしようもない気分になる。安藤はたぶん人を好きになったことがないんだろう。

誰かを好きになるきっかけなんかに意味はない。

俺が今思い出して切なくなるのは、ぶきっちょに包丁を使ってた後ろ姿とか、頼んだ本の題名を丁寧にメモしてた横顔だ。俺にもたれて眠ってしまった身体の重み、テレビを一生懸命見ていた顔。いつも冷静な安藤が、時々とても優しい声で「瀬尾君」と呼んでくれて、俺はそれもものすごく好きだった。

セーターの編目《あみめ》みたいに、そういう小さなひとつひとつを組み合わせていって好きだって気持ちができあがる。

だけど安藤にはそんなのどうでもいいことなんだ。

俺の唯一《ゆいいつ》の長所は、何でもいいほうに解釈できることのはずだった。やけくそのカラ元気でも、とにかく前向いて生きてく力だけはあったはずだ。でも今はだめだ。

もう帰っていいよ、と言われてあんなにショックを受けたのは、自分でも自分の価値を「用済み」としか思えなかったからだ。

俺なんかを安藤が好きになってくれるわけがない。そう思ってしまう。一瞬でも可能性があると思った自分が、今になっておかしかった。いったい何をどう考えて、そんなこと信じたんだろう。

俺は生まれて三日でごみ箱に捨てられた人間で、まともに高校にも行ってない。つまんないことに時間を浪費《ろうひ》して、ふらふらその場限りの相手と遊んで、だから今、安藤に好きになってもらえるようなものを何も持ってない。財務諸表も読めない馬鹿に好きだって言われても、そんなの迷惑なだけだ。

どんなに否定しようとしても、胸の奥に押し込めていたネガティブな思いはなくならなかった。こんなのは初めてで、俺は本気でまいっていた。

自分で自分のことを価値がないと思ってしまったら、それで終わりだ。そう思って頑張ってきたけど、俺の唯一の長所さえ、誰かを本気で好きになったら、まったく通用しなかった。

「そうだ、瀬尾君に渡そうと思ってたものがあったんだったわ」

考えてもしょうがないことをまた考えて落ち込みそうになった時、三上さんが急に立ち上がった。

「こないだ、古い書類とか備品とか整理してたらいろいろ出てきてね」

8

昼過ぎから降り出したみぞれは、気温が下がるにつれて雪に変わった。真っ黒な空から白い雪が落ちてくるのが、なんだか不思議だ。

安藤のマンションは植栽《しょくさい》が深い。

フライトジャケットについた雪を軽く払って、エントランスに入った。オートロックのインターフォンの上には部屋番号の案内プレートがある。最上階に部屋はふたつ。俺が監禁されてた部屋と、オーナーの部屋と。どっちに安藤がいるのかわからないし、どっちにもいないかもしれない。

会社に取引先を装ってスケジュール確認したら、安藤は今日は休みをとっていた。

深呼吸して、とりあえず片方の番号を押してみた。『はい』と意外にもすぐに安藤の声が返事をして、心臓が大きく打った。向こうでも『えっ』と息を呑むような声がして、どうやらカメラで俺の顔を確認したらしい。

『瀬尾君?』

うろたえたような声は、でも冷たくはなかった。何しに来たんだ、と言われることも覚悟してたから、俺はそれだけでもほっとした。

「話があって来た」

自分でも意外なほど落ち着いた声が出た。

施設からアパートに戻ると、どこかの法律事務所から封書が届いていた。安藤の立てた弁護士からで、補償についての話し合いがしたいので連絡を、みたいな内容だった。

「弁護士のオッサンと話したってしょうがないだろ。俺はあんたと話がしたい」

安藤のしたい話とは違うだろうが。一瞬沈黙《ちんもく》があってから、わかった、と声がして、オートロックのドアが開いた。

俺のする話はひとつだけだ。

安藤が好きだ。俺の気持ちで好きだ。それを言いに来た。

もう一回本気でぶつかって、そんでダメならいいじゃないか。

ゲイで係累がなくて、高校中退で、だけど俺はけっこう見かけはいい。健康だし、運動神経もいい。喧嘩も強い。仕事もできるほうだ。

俺はそう悪くない。

自分を評価するのは自分だけだ。他人がどんなに悪く言ったって、そんなもんには耳を貸さない。俺だってそんなに捨てたもんじゃない。そう思うのは、俺の勝手だ。

三上さんが「これ渡そうと思ってたの」とロッカーから出してきてくれたのは、ブルーのおくるみだった。

「ここって統廃合があってごたごたしてたでしょ？　個人の持ち物とかも紛失したり交じったりで、倉庫の中すごいことになってたわ。これ、瀬尾君のよ」

びっくりして、三上さんの持ってる柔らかなおくるみを見た。端に、たどたどしい刺繍《ししゅう》がほどこしてある。

「瀬尾君のお母さん、これで瀬尾君をくるんでたみたいね。記録が残ってたの」

アパートに戻って、俺はずっとその毛布を眺めてた。

そして、もう一度安藤に会おう、と決めた。


最上階についてエレベーターを降りると、すぐそこに安藤が立っていて、驚いた。

「瀬尾君」

安藤は裸足《はだし》にサンダル履きで、そのくしゃくしゃの髪や充血した目に、安藤だって平気でいたわけじゃないんだ、とわかって、俺は少し落ち着いた。

最上階には部屋がふたつあって、安藤は俺が閉じ込められていたのと反対側のドアを開けた。

「入って」

安藤の部屋は、俺が閉じ込められていた部屋と同じ、大きな１Ｋの造りだった。ただ、当た

り前だがいろんな生活必需品が置いてあるので、そのぶんスペースが狭《せま》く感じられる。

ベッドとライティングデスク、パソコンラックが手前にあって、奥のベランダのほうにダイニングセットとソファ。

いかにも機能優先って感じで、あんまり片づいてるとは言いがたい。

「…なあ」

ふっと一週間いた部屋が懐かしくなって、それからあんなふうに完璧な監禁仕様にするのってすごい労力だよな、と思った。

「あの部屋リフォームするの、大変だったろ？」

「え？」

入り口のところで立ち止まった俺を、安藤が不思議そうに振り返った。

「俺がいた部屋。監禁するために、いろいろ用意したんだよな。ベランダ、嵌め殺しにして強化ガラスにして、玄関は外付けの鍵にして」

「…口実考えるの大変だったよ」

安藤も少し落ち着いたらしく、かすかに笑った。

「だろうな」

「何回も馬鹿なことはやめようって思った。君がすごい新人だって話も聞いてて、そんなに頑張ってる人を勝手な理由で監禁なんかしちゃだめだろうって思ったりもしたよ。君のグラスに睡眠薬入れる瞬間まで迷ってた」

安藤は妙にぼんやりした口調で言った。

「でも表彰会で、君がいずれ独立したいと思ってるらしいって噂《うわさ》を聞いて、それで決心したんだ。今を逃《のが》したらもうチャンスはないって。君と二人きりになって、君の世話をしたいだけだったんだけど、そんなの頼んでも絶対に気味悪がられるだけだと思ったし、だからもう、この方法しかない、今しかないって」

「……」

安藤の話を聞いてるうちに、俺はなんだか変な気持ちになった。…まるで告白されてるみたいだ、と思うのは、俺の勝手な願望なんだろうか。

「やっぱりあの時、僕はちょっとおかしかったんだと思う」

安藤は少し笑って、うつむいた。

「本当にごめん」

「俺はあんたが好きだよ」

安藤が顔を上げた。

「だからそれは錯覚だって」

「錯覚で何が悪い？」

俺が言うと、安藤は驚いたように目を見開いた。

「…だって」

「きっかけなんかどうでもいいだろ。俺は今、あんたのことが好きなんだ」

「そんなの、嘘だ！」

安藤が突然大声を出した。

「僕を好きになる人なんかいるわけない」

わめくように言ってから、安藤は自分が言ったことにびっくりしたように拳で口を押さえた。

「——俺は好きだよ」

安藤の拳が震えている。胸を圧迫されるように苦しくなって、俺はそれだけしか言えなかった。

「嘘だ」

「嘘じゃないよ」

安藤の掠れるような声に、泣きたいような気持ちになった。自分のことを好きになってくれる人なんかいるわけない、その気持ちが痛いほどよくわかったから、俺もずっとそう思ってたからだ。

無理矢理でも前を向ける性格で、やけくそでも何でも降りかかってくる災難をなぎ飛ばして生きていける。自分をそう信じていたのは、裏を返せば、そう思わないとやっていけないってことを知っていたからだ。

母親にすら捨てられたのに、俺を愛してくれる人がいるわけがない。

物心ついてから、俺はずっとそう感じていた。

親切にしてくれる人や、近くにいてくれた人に悪いから、そんなことは考えないようにしていたけど、やっぱりそれが俺の本音《ほんね》だった。否定しても忘れたふりをしても、俺は生まれて三日で捨てられた人間だということを、心の奥底でいつもいつも意識していた。

だから恋人をつくるより、手っ取り早く一緒に寝てくれる人を探した。余計寂しくなるのに、そうせずにいられなかった。本気で俺を好きになってくれる人なんかいないと思っていたから。

でももう、そんなことは終わりだ。

俺は何がどうなっても、自分のことを見捨てないと決めた。そうしないと、誰かを好きになんかなれない。

誰にも好きになってもらえなくても、俺は誰かを好きになれる。なってもいいんだ。俺が自分にそれを許す。

俺はひとりぼっちが心細くて妙な実験を考えつく、寂しがりを好きになった。それを言いに来た。

「俺もあんたと同じこと思ってたよ。俺のことを好きになってくれる人なんかいるわけないって。だって、誰かに本気で大事にされたことなんか、なかったもんな？　俺の履歴書見て、同類だって思った？」

安藤の瞳が動揺したように揺れた。

「それともこんな経歴で、なんでこいつは平気な顔してのさばってるんだって思った？　基本スペック最低で、職務経験も学歴もないくせに、なんでこんなに自信満々なんだって」

「そんなこと思わない。そうじゃないよ」

安藤が弱く首を振った。

「そうじゃないけど、……どうしてこの人はこんなに前向きなんだろうなとは思ったよ。……いいなと思った。すごく、いいなって」

「なあ」

本当に泣きそうになって、俺は下腹に力を入れた。

「あの時の答え、俺まだちゃんと聞いてないんだけど」

「あの時の答え？」

「実験の結果。俺の世話をして、それで？　それで、あんたは俺のこと好きになった？」

あの時安藤はその質問にちゃんと答えなかった。口ごもって、結局曖昧に「でもこれも僕の本当の気持ちじゃない」とだけ言った。

「なあ、俺はあんたが好きだよ。不自然につくった気持ちでもなんでも、今、ここにある気持ちは本当に今、ここにあるんだ」

「……」

安藤は放心したように俺を見ていた。猫のような黒い瞳、尖《とが》った鼻と形のいい唇。頭が良くて、ちょっとずれてて、でもすごく可愛い。自分の全身が、安藤を包みたがっているのを感じた。好きっていうのはこういうことだ。

吸いつけられるように、安藤のそばに近寄った。安藤は動かない。ただ俺を見ている。思い切って肩のところに触れた。安藤は目を見張って俺を見上げたが、やはり動かなかった。やめろとは言わないし、逃げようともしない。なんだか身体が揺れるみたいになって、なんだろうと思ったら心臓がものすごい勢いで打っていた。

「瀬尾君」

細い声がして、それを聞いた瞬間全身がかーっと熱くなって、気がついたら安藤を抱きしめていた。安藤はどうしていいのかわからないというように、俺の腕の中でじっとしている。

「…俺さ、体調が悪いと変な夢を見るんだ」

腕の中の小さな頭が動いて俺を見上げてきた。好きでたまらない大きな黒い瞳が、急に何を言い出すんだろう、というように俺をじっと見ている。

「ごみ箱の中で、誰かに助けてくれって泣いてる夢。俺さ、生後二日くらいでスーパーのごみ箱の中に捨てられてたんだ。ひどいよな?」

笑って言ったけど、安藤は笑わなかった。

「あの夢を見て、大丈夫だよって言ってくれたのはあんたが初めてだ。夢の話をしたのもあんたが初めて」

俺を見詰めていた安藤の瞳が、かすかに揺れた。

「俺のこと、手錠をかけて縛《しば》ってくれて嬉しかった。誰もそんなふうに俺に執着してくれなかったからさ。でも、それだけでこんなに好きになったりしない。好きになったのは、やっぱりそれがあんただったからだ」

ちゃんと伝わるか心配で、一生懸命言葉を探した。こんなふうに胸がいっぱいになったのは初めてで、だからこの気持ちをわかって欲しい。俺なんかに好かれても困るなんて、もう考えない。精一杯の気持ちを伝えること、それだけを考えた。

「好きなんだ。俺、うまく説明できてないけど、ただあんたのことが好きなんだよ」

ほとんど必死で、俺は安藤の顔を覗き込んだ。身長差があるので、安藤の頭は俺の胸の中にすっぽり収まっている。華奢《きゃしゃ》に見えるけど、抱きしめると本当に抱き心地がよくて、離したくない。

安藤は俺を見上げて、しばらく俺の顔を見つめていた。

「…俺の言ってること、わかる?」

しつこく聞いたら、安藤がかすかにうなずいてくれた。不安定に揺れていた瞳がちゃんと俺を見てくれていて、胸がぎゅっと痛くなるくらい、嬉しかった。思わず抱きしめた腕に力が入って、安藤の背中が反射的に硬くなった。

「あんたが嫌だってことはしないよ。俺のこと好きになってくれなんて言わないし。ただ、俺があんたを好きでいてもいい？」

本当に、それだけで充分だと思っていたのに、安藤がじっと俺に抱かれたままでいてくれる事実に、つい欲が出た。

「なあ、俺のこと、嫌いじゃないよな？」

安藤は迷うように俺を見て、かすかにうなずいてくれた。

「じゃあさ、少しは、ほんのちょっとは、好き？」

どきどきしながら訊いたら、少し緊張が解けたように、安藤が今度ははっきりとうなずいてくれた。

「それなら、あのさ、あの…」

どこかあどけないような瞳で、安藤は俺を見ている。畜生《ちくしょう》、なんでここまで俺の好きな顔してるんだろう。ああでも、こんなに好きだから、ここまで顔も綺麗に見えるのかも。たまらなくなって、俺は思いきって言った。

「キスしたら、だめ？」

「……」

腕の中で、安藤がまた硬くなったのがわかった。それでも逃げるような気配はない。

「それ以上、何もしないから。約束する」

安藤はしばらく目を伏せていたけど、決心したように俺を見た。

「いい？」

「……」

もう一回訊いたら、目に許可が出た。嬉しくて、どきどきして、俺は大きく息を吸い込んだ。顔を近づけたら、目を閉じてくれた。目元のほくろが色っぽいとずっと思っていたけど、こうやって見ると、睫も眉《まゆ》も、全部が色っぽい。

顔を見ていたくてキスせずにいると、安藤が薄く目を開けた。

「ごめん、見惚《みと》れてた」

正直に言ったら、いきなり唇を押しつけられて、びっくりした。素直な髪が頬に触れ、肩に安藤の指がかかる。唇はすぐに離れた。

「僕は」

戸惑《とまど》った声が、自分の気持ちを確かめるように一度途切れた。小さく息を吸い込む気配がして、安藤の指に力が入った。

「僕は、瀬尾君がいなくなって、すごく寂しかった。だから…きっと、僕も瀬尾君が好きなんだと思う。誰かを好きになったことがないから、わからなかったけど」

「…え？」

俺は最初はただぽかんとしていた。嬉しいとかより、まさかこんなこと言ってくれるなんて想像もしてなかったから、ただ驚いていた。好き？　俺を？

安藤は困ったように俺を見た。

「ま、マジで？」

「…君に触られると、いつもおかしな気分になってたんだ。ずっと何だろうって思ってた」

自分でもよくわからないというように、安藤は小首《こくび》を傾げた。

「君に触られると、動けなくなる」

「……」

「それで、もっと触って欲しくなる。これって好きだからだよね？」

びっくりして、それからその正直な告白に、頭の中がかーっとした。

何か考えるより早く、俺はかっさらうみたいにかがんで安藤の背中をひきつけた。目を閉じて、柔らかな唇の感触を味わう。

何度か角度を変えて唇を合わせたあと、思わず安藤の閉じた唇を舐《な》めたら、抱いていた背中がはっとしたように硬くなった。ぎゅっと抱いてるから、俺の身体の変化もわかっているはずだ。

「ごめん」

反射的に逃げようとした安藤に、怖がらせないようにおれは少し腕の力を抜いた。

「大丈夫、あんたが嫌だってことはしないから」

信じてくれるように、心をこめて囁いた。

「男と寝るなんて無理だって言うんならいつまででも待つし、どうしても嫌なら、ずっとしなくてもいい」

「……」

「こうやってキスさせてくれるだけでも充分。本当だよ」

本気だった。安藤はじっと俺を見つめていたけど、返事のようにもう一度キスをしてくれた。

唇が薄く開く。深いキスをしてもいいという意思表示にどきっとして、いいのかな、と思いながら舌を入れたら、今度は拒まれなかった。

「ふ……」

安藤の唇の中の甘い感触に、蕩《とろ》けそうになった。

今までキスっていうのは、セックスとひと繋がりの行為だった。性的に興奮させて、舌の技巧を見せつける、前戯《ぜんぎ》の一種。

だけど、今の、これは違う。

唇の中から、相手の存在そのものを味わうような、心の中まで吸い取ってしまうような、こんなキスをするのは初めてだ。

最初はどこか戸惑っていた安藤が、徐々にキスに没頭《ぼっとう》していくのがわかった。唇と舌とで自分の気持ちを確かめている。

好きだよ、とキスの合間に何度も言った。そのたびに安藤のキスは熱っぽくなる。

何度も何度も、舌を絡め合い、解いては互いの口の中を往復させた。

いつの間にかソファの上にいて、安藤を押し倒していた。唇を離したら、もう物足りない気持ちになってまたキスをした。いくらキスしても足りない。

「名前」

「え？」

何度目かのキスのあと、ようやく少し余裕を取り戻した。すぐ目の前の安藤の顔が、キスする前とは違って見える。自分の一部みたいな引力に、好きな相手と唇を合わせるということがこんなに威力《いりょく》を持っていたんだと、そのことに驚いた。

「あんたの名前、教えて」

頼んだら、小さな声で「ヒロヤ」と答えた。

「どんな字？」

「こう」

広也《ひろや》。手のひらを取られて、指で漢字を書かれた。その感触にぞくっときた。手のひらの真ん中っていうのは、性感帯だ。

「広也。…広也って名前で呼んでもいい？」

下半身に直結する刺激をなんとかやりすごして微笑むと、安藤も少し照れくさそうに笑ってくれた。

「いい名前だな。広也」

「隆文っていうのも瀬尾君に似合ってる」

「はは、でも俺は親につけてもらった名前じゃないからな。職員さんがその時の市議会議員かなんかから適当にとってつけてくれたんだって」

こんな話、今まではしないようにしていた。だけど安藤には自然にできる。

「でも、僕は瀬尾君の名前が好きだよ?」

安藤…広也が優しく微笑んでくれた。

「僕の本当の名前はね、加西《かさい》広也っていうんだ」

「カサイ?」

「養子に入る前の名前」

また指で書こうとするから、思わず手を引っ込めた。

「ごめん、俺、手のひらってめちゃ感じるからさ」

きょとんとしてる広也は、たぶんセックスを知らない。

いつも手錠をかけられてたせいか、右手そのものが俺にとって特別な場所になっていた。広也が右手を握りなおした、その刺激だけで痛いくらい勃起した。

「ダメだ…」

耳のあたりが熱くなってきて、思わず広也を抱きしめた。シャツの下の身体の感触に、官能が刺激される。

広也は黙ってされるままになっていたけど、しばらくして腕が背中に回ってきた。

「やめろって言わないと、俺、やっちまうぞ」

声が上擦った。広也は何も言わない。思い切って広也のシャツとセーターをたくしあげ、ベルトを外した。それでも広也は何も言わない。ただ緊張して俺のすることを受け入れている。

全部脱がせて、仰向《あおむ》けに寝かせた。スリーシーターのソファは座面もゆったりしていて、不都合はない。広也は自分でも何か決めかねるような、曖昧な表情で俺を見上げていた。

真っ黒な素直な髪が少し乱れている。綺麗な身体だ。適度に筋肉がついていて、想像していたよりずっと引き締まっている。首すじから胸、縦長のへそ、そしてその下。興奮してる。そのことに呼吸が速くなった。

「嫌？」

触ったら、広也が息を止めた。ちょうど俺の手の中に収まる。誂《あつら》えたみたいだ。反対側の手のひらで首すじから肩を撫でると、その滑《なめ》らかな感触にため息が出た。俺のために神様がつくってくれたみたいに、何もかもが好みで、何もかもがぴったりくる。

「は…」

広也は感じやすいんだった。細い声が洩れて、どうしようもなく興奮した。この声に俺は弱い。もっと声を出させようと手の動きを速くしたら、腰をよじった。

「広也？」

俺のボトムのジッパーを下げて、広也の指が中に入ってきた。してくれるとは思ってもみなかったから、驚いた。

「いいのか？」

「ん…」

ここまで来るともうあまり抵抗もなくなってしまったらしく、広也は自然に俺を握ってくれた。キスに誘うと、さっきよりも積極的に舌を絡めてくる。

「ん……っ」

徐々にキスがセックスの匂いをまとい始めた。舌で広也の口中を舐めると、手の中のものがびくびく反応する。

「なんか、…ものすごくエッチなことしてる気がする」

キスの合間に、広也が呼吸を乱しながら言った。俺のを愛撫《あいぶ》してくれる柔らかな指が徐々にためらいをなくしていくのがわかって、そのことにも興奮した。広也のはもうすっかりぬるぬるになってて、手を上下させるだけでちゅっと音がする。

「してるだろ、エロいこと」

首から鎖骨《さこつ》に舌を這《は》わせたら、くすぐったそうに笑ってソファの背に身体を倒した。小さな乳首は唇に挟《はさ》んで軽く引っ張ったら簡単に硬くなった。

たぶん、広也は女ともしたことがない。経験がないぶん、男同士でのセックスに抵抗がないみたいで、俺のすることを素直に受け入れて、自分のできそうなことは返してくる。たどたどしい愛撫が可愛くて、嬉しい。

「あ、…」

技巧は何もなくても、広也には声がある。聞いてるだけでたまらなく興奮させられて、俺はそこに自分を擦りつけた。俺のしたがっている行為を理解して、広也は足を開いた。

「んっ…」

指を浅く入れると急に色めいた声がして、どきんとした。

「痛い？」

ちょっと声が上擦ってしまった。

「ん、…大丈夫」

「……もっと指、入れてもいい？」

「なんか、ちょっと怖いけど…」

言いながら半身を起こし、広也は足を開いて立てた。

「い、入れてみて？」

どっちのともつかない体液でぬるついていて、俺の中指はあまり抵抗もなく第二関節のあたりまで入った。

「あ、…」

濡《ぬ》れたアンダーヘアの、奥まった部分。指を入れられた粘膜《ねんまく》のいやらしいビジュアルより、広也が自分で受け入れてるとこを見てる、そのことに俺はすっかり興奮してしまった。一度抜いて、今度は人差し指も添えてもう一度ゆっくりと入れた。

「はっ…」

試すように指を中で曲げたら、広也は後ろに手をついて、目を閉じた。緩く開いてた唇がきゅっと結ばれて、感じてるのがわかる。

「ここ。好きなやつはすごく好きなんだけどな…」

前立腺を探り当て、そっと刺激してやると、びくっと震えた。

「痛い？」

指を小刻みに動かして撫でてやる。

「あ、や、…っ」

「気持ちいい？」

「ん、…気持ちい…い」

どうもこっちを使うのには全然問題はなさそうで、思わずごくりと喉を鳴らしてしまった。

早く広也の中に入りたい。

はあ、と広也がため息をついて、そこが少し弛《ゆる》んだ。でもまだ俺のを入れたらきっと痛がる。またしたい、と思って欲しいから、できる限り痛みを与えたくなかった。

「なあ、ローションとかない？」

「ロ、ローション？」

「広也の中に入りたいけど、何もつけなかったら、きっと痛い」

うっすらと汗の浮き始めた肌から、いい匂いがする。軽く息を弾ませながら、広也は散らかった部屋を眺めるようにした。どっかに何かありそうだけど、俺には見当もつかない。

「そこんとこに、ハンドクリームがあったと思うけど…」

「どこ？」

広也が腕を伸ばして、書類や封筒の積みあがったテーブルを探った。

チューブ入りのクリームを差し出され、俺がふたのとこを持つと、広也がくるっと回してふたを開けた。なめらかな共同作業は、もう何百回もこんなことしてきたみたいに息があってて、それがおかしい。広也も同じことを考えたみたいでくすっと笑った。急にリラックスして、そのぶん広也の身体から余計な力が抜けるのがわかった。

「はい」

「サンキュ」

広也がチューブを絞ってくれた。左手で自分のに白いクリームを塗《ぬ》りつけて、利《き》き手で慎《しん》重《ちょう》に恋人の準備をする。ものすごく即物的なことをしてるのに、照れくさいとか気まずいとか全然なくて、広也も当たり前みたいに足を開いて俺のするままになっている。

「ん…」

指を抜くと、中が引き止めるように動いた。仰向けに寝た広也が、自分で足を開く。あてがって、体重をかけると先端が簡単に沈んだ。

「広也？」

痛がっていないか心配で、顔を覗き込んだら、ぎゅっと目をつぶっていた。

「痛い？」

「ん、や、…は、あ…」

俺の肩にしがみつくようにしてきた。身体に力が入ってて、俺がそのままじっとしてると、ようやく薄く目が開いた。

「広也」

「ねえ、さっきのとこ、擦って？」

「えっ？」

「もちょっと、中…」

まさかそんなふうにねだられるとは思ってなかった。びっくりしたけど、広也は自分で腰を上げて角度を合わせてきた。

「ん、…っう、…」

ものすごく素質があるのか、俺と死ぬほど相性がいいのか。ぬるっと中に吸い込まれると広也の中がひくんと痙攣《けいれん》して、俺の肩につかまっていた指に力が入った。

「あ、う…ん…ッ」

何度も思ったけど、やっぱり広也は声がたまらなくエロい。可愛いのにエロくて、聞いてるだけで興奮した。おまけにこの締めつける感触。

「広也」

ゆっくり抜いて、深く入れる。擦って欲しがってるところはわかっているから、強弱をつけて刺激してやると、広也はたまらない、というように左右に首を振った。

「あ、…ふ……ンッ」

声だけでいきそうになって、こらえた。

「広也…」

「あ、あ、…な、なに…?」

「悪いけど、あんま、声出さないで」

「え?」

「声聞いちゃうと、俺あんま、もたない、かも」

「だっ…て、気持ちいいから…んっ」

こんなに素直に気持ちがいい、と言われたのは初めてかもしれない。

「瀬尾君、…いい、すご、い…気持ちいい」

甘い疼きが耳から吹き込まれる。今までかなりの数の男と寝たけど、こんなエロい声出すやつは初めてだ。

「ん、ん…や、い、…っ」

しがみつかれて、骨抜きにされる予感に、とんでもないのに惚れたかもしれない、と一瞬怖いような気持ちになった。こんな声聞かされたら、もう絶対に離せない。

「広也、そんなにいいの」

思わず訊いたら、何回もうなずいた。完全に夢中になってて、畜生、可愛すぎる。

「あう、ん……っ、いきそう、もう、あ…ん、あっ、あ…や、いい…っ」

ぎゅっと肩に爪を立てられた痛みと、気持ちいい、という吐息《といき》でイッた。

「あ、…ッ」

本能的に深く突き入れた、その刺激で広也も息を止めた。中が痙攣して、下腹にぱたぱたと生ぬるい感触がする。

「……は、…っ、は…」

射精の瞬間は、気が遠くなるほど気持ちがよかった。

脱力したら、広也もぐったりしてて、しばらくはあはあ言いながらお互いの顔を眺めてた。

幸せで、満足してて、こんな瞬間は、たぶん人生で二度はない。こんなセックスも、もう経験できない気がした。

広也、と呼んだら、ぼうっとした顔のまま笑った。

「瀬尾君…」

甘えたような、その声を聞いた瞬間、胸の中で何かが起こった。

瀬尾隆文、というのはそれまで俺にとって自分を表すただの記号だった。便宜上《べんぎじょう》つけられた、ただの名前。

今、恋人が瀬尾君、と呼んでくれて、初めてその名前が自分のものだって胸の中に定着するのを感じた。

「瀬尾君」

広也がそう呼んでくれた、だから俺は瀬尾隆文だ。

思ったら、泣きそうになった。

「どうしたの?」

「なんでもない」

心配そうな顔に、心をこめてキスをした。

「好きだよ、広也」

9

恥ずかしいから嫌だ、という広也を説得して一緒に風呂に入って後始末をしてやって、それからベッドに入った。広也の部屋のベッドはシングルで狭い。

「なんか、まだ瀬尾君のが入ってる感じする…」

毛布を口のところまで引きあげて、広也が困惑したように言った。

「変な感じ…」

「そのうち慣れるって」

あの時の可愛い声を思い出すと、口元が緩んでしまう。

「つか、ものすごい素質あったのな、広也」

「…ううん」

複雑そうな顔になったけど、すぐに広也は「あんなに気持ちいいものだって思わなかった」と感心したように言った。本当に素直だな、とつい笑ってしまった。

「なあ、キスして?」

恋人になってくれたってことを実感したい。広也は自然に俺の首に腕を回してキスしてくれた。

「瀬尾君が来てくれて、よかった」

安心したような微笑に、胸の奥が温かくなる。

「僕はもう瀬尾君とは会えないかもしれないと思ってた」

「それ言うなら、俺は広也が監禁してくれてよかったよ」

ふふ、と恥ずかしそうに笑ってから、広也は俺の目を覗き込むようにしてきた。

「瀬尾君はやっぱり前向きだね」

「そうだよ、俺の唯一の長所」

だけど無敵の長所だ。

生まれて三日でごみ箱に捨てられても、俺は自分の価値を信じる。

「俺の母親は、俺をごみ箱に捨てたんだけど、その時に俺を毛布でくるんでくれてたんだ」

ブルーのおくるみは、端に丁寧な刺繍がしてあった。もしその刺繍が美しいものだったら、俺はあんなに気持ちを動かされなかったと思う。歪《ゆが》んで不揃いで、ところどころ目の飛んだ刺繍。

愛情を込めてくれたのだと、下手だったから信じることができた。広也が最初に作ってくれた料理が下手だったのと同じように。

「その毛布を俺に渡してくれた職員さんが調べてくれてたんだけど、そのショッピングセンターは、その日がオープン初日だったんだ」

薄汚いごみ箱に、いらないもののように捨てられていたのを想像するか、オープンしたばかりの店の、真新しいごみ箱にそっと入れられていたのを想像するかは、俺の自由だ。

「俺は死ぬまで自分に都合よく解釈するんだ。広也は俺に一目惚れしたから監禁なんかしたんだし、俺の母親はどうしようもない事情で俺を泣きながら捨てたんだ」

冗談めかして言ったけど、広也は笑わなかった。

「俺に一目惚れしただろ？　広也」

「うん」

くすぐるみたいに耳に唇をつけて言ったら、今度は笑ってうなずいた。

「じゃあ僕も、傾きかけた会社を押し付けられたわけじゃなくて、経営の才能を見込まれたんだ」

「そうそう。そんであんたは仕事が好きなんだろ？」

「そう——かな？　…そうかも」

広也が驚いたように目を瞬《まばた》かせた。広也は義務とか努力が先にきて、自分が何を好きなのか考える余裕がなかったんじゃないかと思う。

「だから新しい会社も成功するよ」

「じゃあ、瀬尾君、一緒に仕事しない？」

「えっ」

広也に軽く提案されて、今度は俺のほうが驚いた。

「瀬尾君はビジネスセンスがあるよ。行動力もあるし、人を引っ張っていく力もあると思う。絶対に欲しい人材だ」

ほんのちょっと前まで甘えた声で気持ちいい、ってわけわかんなくなってたのに、今の広也の顔はすっかり経営者のものになっている。

「うーん、でも俺が欲しいのはビジネスパートナーじゃなくて、一緒に住んでくれる恋人なんだよな。家庭に仕事は持ち込まないっていうのが理想だし」

「家庭？」

広也が目を丸くした。ちょっと照れくさい。

「俺の夢なの。寒い時には部屋あっためて待っててあげて、風邪ひいたら看病したげて、一緒に料理して、じゃんけんで皿洗うのどっちか決めて。そういうのが夢」

広也はちょっとの間黙って俺の顔を見てたけど、「いいね、それ」と真剣な顔で言った。

「いいと思う？」

「うん、思う」

目を合わせて、それから微笑み合った。

一人で実現できる夢は、たかが知れている。金を稼いだり、いい仕事をしたり。それより俺は、誰かと一緒でなければ実現しない夢のほうが大切だ。

「瀬尾君と同じことを、僕も夢にしていい？」

「……うん」

広也からキスしてきてくれて、嬉しかった。少し首を傾けて、柔らかな感触に目を閉じた。何回もキスを繰り返して、互いの体温を確かめ合うと、優しい眠気《ねむけ》がおりてくる。

「寝ようか」

「うん」

遠慮なく、ふあ、とあくびするのがとても可愛い。目を閉じながら、もうあの夢は見ないだろうな、とふと思った。そして怖い夢を見てもそばに恋人がいる。

一緒に眠ることの幸福に、俺は腕の中の恋人をそっと抱えなおした。繋いだ手に、もう手錠は嵌まっていない。代わりに体温が心を繋いでくれる。

「おやすみ」

囁いたら、広也は眠そうに笑った。

明日もあさっても、その次の日も、こうやっておやすみ、と言えたらいい。

好きな人と一緒に暮らす、それが俺の夢だ。

「おやすみ」

広也の声が耳をくすぐる。

俺の夢は、きっと叶う。

恋人が俺の腕の中で目を閉じてくれたから。

Love is

1

一心不乱《いっしんふらん》、というのは、まさにこういう状態を指す言葉なんだろうな、と俺は広也《ひろや》を見守りながら思った。うっすらと額《ひたい》に汗をかき、広也はひたすらその行為に没頭《ぼっとう》している。

「ヒロ」

「…」

呼吸がわずかに荒い。肩が揺れ、もう十分以上も続けている行為に頬《ほお》が染まっている。

「もう、いいんじゃないのか」

「まだ…っ」

「でも、ヒロ辛そうだし」

前髪が汗でしっとりと濡《ぬ》れ、本当にきつそうで、見ていられない。

「代わるよ」

思わず言ってしまったが、ヒロは無言《むごん》で首を振った。今日は僕が全部するからね、と可愛《かわい》いことを言ってたけど、慣れてないから力の入れ方がわかってない。

「じゃあもう入れよう」

「や、まだこれじゃ…だめ」

噛《か》み締《し》めていた唇がほんのりと赤く染まっている。

「もう大丈夫《だいじょうぶ》だよ」

「でも、瀬尾《せお》君に満足して欲しい」

軽く息を弾《はず》ませて、広也は懸命《けんめい》な目で俺を見た。条件反射で下腹がきゅっと痛くなる。本当に広也は可愛い。

「俺はヒロがしてくれるだけで満足だよ」

「本当？」

俺は大きくうなずいた。

「だから、もう入れよう」

「……いい？　本当にもういい？」

やっぱりそろそろ限界だったらしい。ヒロはようやく手を止めた。

「いいよ」

「あ……」

「だいじょうぶ」

もうしっかり固くなっているのを確かめ、俺は卵黄の入っているボウルを渡した。

「はい、入れて。次に、メレンゲの泡を潰《つぶ》さないようにさっくり混ぜる」

広也の買って来た「彼氏に贈るバレンタインケーキ」の42ページ、ガトーショコラのレシピの下に書いてある作り方を俺が読み上げると、広也は真剣な表情でスパチュラをボウルに突っ込んだ。

「次に溶かしたチョコレートを入れて、同様に混ぜる」

「これでいいかな？」

「いいよ。で、あとは型に入れて焼けば完成」

全ての工程を終え、オーブンの扉《とびら》を閉めて、広也は大きなため息をついた。

「はー、メレンゲって作るの大変なんだねえ」

「だから俺がやるって言ったのに」

「だめだよ、バレンタインのチョコなんだから」

広也はオーブンのほうを眺《なが》め、満足げな顔をした。

すっかり忘れていたけど、今日は二月十四日、バレンタインデーだった。

前の日、俺は春から入社予定の会社の懇親会《こんしんかい》に出ていて、帰りが遅かった。起きてみると広也はもうキッチンでメレンゲを泡立てるのに奮闘《ふんとう》していた。瀬尾君が起きるまでに焼こうと思ってたのに寝坊した、とちょっと悔《くや》しそうに口を尖《とが》らせて。

つき合うようになったのがクリスマスのちょっと前で、もう二ヶ月ほど経《た》った。この期間でわかったことは、広也が意外にイベント好きだということだ。

クリスマスにはチキンとローストビーフを焼いてくれたし、正月にはお節《せち》料理を作ってくれた。

たぶん俺がやったほうが早いし、できばえもいいと思うけど、それでも本当に料理上手《じょうず》なのは広也のほうだ。ちょっと中身のはみ出したチキンとか、煮崩《にくず》れした煮物とか。見かけは悪くても、一生懸命作ったというのが一口食べただけでよくわかる。俺は広也の料理が大好きだ。

今もオーブンの前に陣取《じんど》って、焦《こ》げないかどうかヤキモキして見ている。

植物にいい音楽を聞かせてやると元気に育つっていうけど、ケーキもああやって固唾《かたず》を呑んで見守られたら、おいしくなろうと頑張るに違いない。

ガトーショコラが焼きあがるまで広也がオーブンの前から動かないのはわかっていたから、俺はその間にキッチンの後片づけをして、ついでに朝メシとコーヒーの準備をした。

「できたよ」

きっかり四十分後、俺が他の家事をしてキッチンに戻ると、広也が嬉《うれ》しそうにケーキを型から抜いて、粉砂糖をふりかけているところだった。

「うまく焼けた？」

「うん」

いそいそと切り分けてテーブルに運んでいるから、俺もさっき作っておいたトマトとチーズのサンドイッチを冷蔵庫から出した。

「あれっ、そんなのいつ作ったの？」

「ん？　さっき。ヒロがオーブン睨《にら》んでるとき」

コーヒーメーカーのスイッチを入れ、サンドイッチのラップをはがしていると、広也は心底《しんそこ》感心した顔で俺を見た。

「ほんとに瀬尾君は作るの早いね。洗いものしてくれてるのは知ってたけど、サンドイッチ作ってたなんて、気がつかなかった」

「でもヒロの作ってくれるサンドイッチのほうがうまいよ。今度また作って？」

広也のサンドイッチは、ゆで卵とベーコンとトマトと胡瓜《きゅうり》とが、おしあいへしあい挟《はさ》んである。食べにくいのが難点《なんてん》だけど、とにかく最高にうまい。

「うん、じゃあ明日の朝ご飯に作るね」

一緒に住もう、と決めてから、真っ先に買った二人用の丸いコーヒーテーブルにそれぞれ皿やカップを運んで、俺たちは向かい合って座った。

「いただきます」

几帳面《きちょうめん》に両手を合わせている恋人に、俺は知らず知らずに微笑《ほほえ》んでいた。広也を見ると、最近いつもこうなる。「何笑ってるの？」と不思議そうに聞かれるけど、それは用事もないのに「ヒロ」と呼びたくなるのと同じ衝動《しょうどう》だ。

「いただきます」

俺も手を合わせてちょっと頭を下げた。

施設を出てからこういうことはすっかりしなくなっていたけど、広也のほうはそもそも誰かと食卓を共にする、ということがあまりなかったらしい。今はおはようのキスから始まって、いちいち挨拶《あいさつ》し合う。まあ、いちゃついてるだけともいえるけど。

広也の焼いたガトーショコラは上できだった。表面はさっくりしていて、フォークで割るとしっとりした生地《きじ》が現れる。一口食べると、ほのかに苦味のあるチョコレートが濃厚に香《かお》った。

「あ、うまい」

「ほんと？　でもこれ、焼きたてよりも冷《さ》めてからのほうが味が落ち着いておいしいんだって」

「これよりうまくなるの？　信じられないな」

俺がおおげさに褒《ほ》めると、広也は嬉しそうに笑った。くそ、可愛いなあ。

「瀬尾君が一番好きなケーキだって言ってたから、これにしたんだよ。うまく焼けてよかったなあ」

…もうダメだ。

「ヒロ、今日は用事ある？」

今すぐベッドに連れて行きたくなって聞くと、広也は首を振った。

「もう引き継ぎ終わったし、来月、最後の挨拶回りがあるけど、それまではどこも行かないよ」

「あ、じゃあ旅行とか行けるな」

「旅行？」

「俺も来月まで何もない」

俺は地元の不動産会社に就職を決めていた。第二新卒を募集していたのにうまくもぐり込んだのだ。高校中退なのに。

不動産業界は比較的学歴にはこだわらないけど、応募資格にきっちり「四年制大学卒業程度」を掲げているところに高校中退で堂々と応募するのは俺くらいだろう。だけどやってみなけりゃわからない。結局、渾身《こんしん》の職務経歴書が効いたのか、どんな馬鹿か顔だけでも見てやろうと思われたのか、書類選考を通った。そして面接で落ちるんなら、そもそも営業職は向いてない。

中途枠《ちゅうとわく》で採用されたから入社時期は新卒より早いけど、それでも三月からだ。

「そうか、じゃあしばらくはゆっくりできるね」

広也が少しほっとした顔になった。口には出さないけど、やっぱりちょっと疲れが溜《た》まっていたんだろう。この一月はお互いに忙しかった。俺は就職活動、広也は退社の手続きとか挨拶回り。その合間に俺はアパートを引き払って広也の部屋に引越しをした。

「どこに行きたい？」

「瀬尾君は？」

「ヒロと行くならどこでもいい。っていうか、よく考えたら旅行なんか行きたくない。ずっとヒロとここにいたい」

「あはは、同じだ」

広也は笑うと目がきゅっと細くなる。前は笑ってもどこか澄ました感じがしたけど、最近はよくこんなふうに無防備に笑って、ほとんど反則技だ。

「それより今すぐ行きたいとこがある」

「どこ？」

「ベッド」

俺が言うと、広也はちょっと目を見開いた。

「だめ？」

「だめじゃないよ」

誰も聞いてないのに、広也は少し声をひそめ、生真面目《きまじめ》な顔で言った。

「僕もそう提案しようと思ってたとこ」


広也はマンションの最上階の二部屋を占有《せんゆう》している。どっちも同じ造りの広い１Ｋで、今は俺を監禁《かんきん》するために妙なリフォームをしたほうを寝室に、もう片方をリビングダイニングに分けて使っている。

広也をベッドに連れ込むと、早速《さっそく》キスをしながら、合間に服を脱がせ合った。広也の着ているセーターを裾《すそ》から引き上げて、シャツと一緒に脱がせると、すぐ広也の手も同じように俺のパーカーの裾に伸びてきた。でも俺のほうがだいぶ背が高いので、いつも途中で手が届かなくなってしまう。結局自分で脱ぐことになって、その間に広也はジーンズのジッパーを外して中に手を入れてくる。広也はけっこう積極的だ。そして快感を受け取るのがものすごくうまい。

俺のを触《さわ》っている手を取って、腕の内側、静脈に沿って舌を這《は》わせると、広也はそれだけで甘い息を洩《も》らして俺を興奮させた。だいたいこの声が本当に曲者《くせもの》で、俺は声だけでいつものすごく欲情をかきたてられる。

手首のところをちゅっと吸ったら、「あ」となんとも言えない声を洩らした。

「いきなりそんなエロい声出すな」

「瀬尾君がやらしく舐《な》めるからだ」

からかうように言ったら、可愛らしく反論してくる。

「瀬尾君は舐め方がほんとにやらしいよ」

「セックスしてるんだから、やらしいほうがいいだろ」

「じゃあ声だってエロいほうがいいじゃない」

「いいけど、じゃあヒロが気持ちよくなる前に、俺だけいっちゃってもいい?」

「だめ」

「じゃあちょっと我慢《がまん》してよ」

どうでもいいことを話しながら、全部脱がせて広也をシーツの上に押し倒した。

「……っ、……ん、ん」

首筋、腕の内側。広也の性感帯を執拗《しつよう》に舐めると、俺に言われたとおりに声をこらえている。

重なり合った身体《からだ》の摩擦《まさつ》だけで気持ちがいい。もうしっかり硬くなってるのを握《にぎ》ったら、透明な体液がぬるっと指を濡らした。

「……ッ」

少し開いた足の奥、ぬめりを借りてそこに指を滑《すべ》らせると、広也の身体がびくんと震えた。

「あ、あ…っ」

なんともいえない甘い喘《あえ》ぎに、背中がぞくっとした。やっぱり広也の声は危険だ。

「声、出さないで」

囁《ささや》くと、ぎゅっと抱きついてくる身体が急に汗ばんだ。声を出さないようにこらえている。

指をゆっくり差し入れると、くっと小さく声を殺した。声を我慢しているせいか、広也はいつにも増して敏感で、二、三度指を往復させただけで、喉《のど》が震えている。

「……っ、…は、は……ッ」

奥の敏感な場所、広也が一番好きなところをゆっくりと撫《な》でる。泣きそうな顔になって、広也は両手で自分の口を押さえた。それがどんなにいやらしく見えるのか、自分ではわかってないだろう。せり上がってくる興奮に、指に触れるそこをしつこく弄《いじ》ると、広也は激しく首を振った。

「んん…っ」

呼吸が苦しくなったらしく、広也が口から手を離した。濡れた唇から、艶《なまめ》かしい赤い舌が動
いているのが見える。

「も、…て、あ…」

「声がエロいって」

涙の滲《にじ》んだ目で、広也が俺を恨《うら》みがましく見上げた。

「もう、も、無理…っ」

だめだ。声だけじゃない。肌の感触も、敏感に反応する様子も、甘い汗の匂《にお》いも、要するに
広也は何もかもがそそる。

「あ」

自分でうつぶせた広也の腰を抱き、一息に貫《つらぬ》いた。一瞬の抵抗感のあと、柔らかな感触が包
み込む。奥まで入って、俺はそこでいったん動きを止めた。激しい快感をやりすごさないと、
本当にそのまま流されてしまう。広也も息を止めて、その感覚を味わっている。

「ああ、あ、…ん、…ッあ、…あ」

身体の位置を安定させ、それから俺はゆっくりと動き出した。恋人のエロティックな声と、背中の官能的なくぼみ。俺が動きを変えると、広也の声もトーンが変わる。

単純な抜き差しから、ゆっくり円を描《えが》くように奥に進むと、それがたまらなくいいらしく、何回も「今の、もう一回して」とせがまれた。それがいいのは俺も同じで、耳に吹き込まれる恋人の声と相乗効果で、快感がどんどん高まっていく。

「あ、あ…、も、う、…」

何回目かに、切羽詰《せっぱつ》まった声が急に途切れ、広也が背中をのけぞらせた。ぎゅっと中が絞《しぼ》るようにきつく痙攣《けいれん》する。

「…ッ」

その激しい脈動《みゃくどう》に合わせて、俺も射精《しゃせい》した。頭の中が真っ白になるほど、気持ちがよかった。

「…は、はー…っ、は…」

ゆっくりと身体から力が抜けていき、一瞬空白になった頭に、現実が戻ってくる。気がつくと広也はぐったりとシーツの上にうつぶせていて、俺は全力疾走《しっそう》したあとみたいに肩で息をして、広也の上に覆《おお》いかぶさっていた。

「ん、…う」

重いだろうとなんとか広也の身体から離れると、快感で痺《しび》れたようになっていた全身に少しずつ感覚が戻ってきた。

「気持ちよかった…」

広也がため息のように言った。唇が乾いている。舌を出して広也の唇を舐めてやると、くすぐったそうに笑った。


しばらくしてキッチンに戻った時、ガトーショコラは味が落ち着いて、さらにおいしくなっていた。

「本当にさっきよりおいしくなってるね」

広也は指についたショコラのかけらを舐めながら、感心したように言った。自覚してないみたいだけど、セックスしたあとの広也は仕草《しぐさ》がどことなく気怠《けだる》くて、それがたまらなく色っぽい。

「時間が経ったほうがうまいんだ」

広也の手を取りながら、俺たちもそうなれたらいいな、とふと思った。焼きたてがうまいのは当たり前だけど、時間をかけてさらにおいしくなればもっといい。

広也の指についていたショコラを、俺も舐めた。

大人《おとな》っぽい、落ち着いた甘みが舌に残った。

2

「これ、何?」

俺が差し出した小さな箱を受け取りながら、広也が不思議そうに聞いた。

「ペアリング」

「えっ?」

「俺と結婚してください」

冗談《じょうだん》めかして言ったけど、本気だった。

もう明日から俺は出社、という晩だった。久しぶりにちょっといいレストランで食事をして、早めにベッドに入り、いつものようにセックスをした。広也がシャワーから戻って来るのを待って、俺はちょっとどきどきしながら、用意していた指輪を渡した。

「わあ」

ベッドに並んで座り、広也は指輪の箱を開けた。

「きれい」

シルバーのシンプルなリングで、内側にはお互いの名前を刻印《こくいん》してある。広也が瀬尾君、と呼んでくれるようになってから、俺は自分の名前が好きになった。だから刻印はＨＩＲＯ＆Ｓ

ＥＯだ。
苗字《みょうじ》ですか？　って店の人にちょっと不思議そうに聞かれたけど、俺たちにとってファミリーネームかファーストネームかなんて区別はどうでもいいことなのだ。広也が瀬尾君、と呼んでくれるたびに幸せな気持ちになるから、俺は瀬尾という名前に愛着がある。それだけのことだ。

「なんか指輪のＣＭみたいだね」

俺が手を出して、と言うと、珍しく照れたように言って、広也は手を差し出した。

「じゃあ、今度は瀬尾君ね」

指輪をした広也の手が、箱に残ったもうひとつの指輪を取った。そして慎重《しんちょう》に俺の指に嵌《は》めてくれる。

口に出すのは照れくさいから言わなかったが、俺の中ではこれは本気の結婚の儀式だった。時間を重ねてさらにおいしくなるガトーショコラのように、これから先、ずっと一緒にいて、今の気持ちをもっと熟成《じゅくせい》させていきたい。

「楽しかったね、二週間」

指輪をした手をかざして見ながら、広也が満足そうにため息をついた。

「うん」

本当にこの半月は、一分一秒が楽しかった。

「こんなにいっぱいいろんなことしたの、初めてだった」

「ヒロの『こんなの初めて』って何回聞いたかな」

「だって、本当にそうなんだから仕方ないよ」

からかうように言うと、広也がちょっと唇を尖らせた。今までろくに遊んだことがないというのは知っていたけど、この二週間、本当にどこに行っても何をしても広也は目を丸くしていて、可愛くておかしくてしょうがなかった。

最初はこんなこと興味ないかな、とか考えて遠慮《えんりょ》してたけど、基本的にスポーツは好きみたいで、ダーツバーもバッティングセンターも、興味津々《きょうみしんしん》でついて来て、思い切り楽しそうにしてくれたから、調子に乗っていろんなところに連れて行った。

「何が一番面白《おもしろ》かった？」

俺が聞くと、広也は「ボード」と即答した。

「瀬尾君、カッコよかったね」

そう言うヒロも運動神経がいいから、すぐにコツをつかんで、初めてとは思えないくらいびゅんびゅん滑ってた。

「瀬尾君みたいに高いジャンプできるようになりたいな」

「また行こう？」

「うん」

話しながらキスをして、ベッドの中で手を繋《つな》いだ。広也はしばらく充電期間にするつもりらしいけど、俺は明日からしっかり仕事だ。でももうちょっと話をしていたい。

「ヒロ」

「ん？」

「好きだよ」

「僕も、瀬尾君が好き」

もう何百回繰り返したかわからない会話を飽きずにして、もう何万回したかわからないキスをした。広也は本当にキスがうまくなった。セックスの時の官能的なキスも、今みたいにただ安らぐためにするキスも。

「ヒロ……」

「うん？」

唇を離すと、もう足りない。高まる気持ちを伝えたくて、愛してる、と言おうとした。

「……好きだよ」

どうしてか、言えない。いつもそうだ。代わりに、もう何万回言ったかわからない言葉を選んだ。好き、という言葉はいくらでも出てくる。息をするよりも自然に。

「僕も、瀬尾君が好き」

広也の髪が首もとをくすぐる。最近、広也の綺麗《きれい》な黒髪を、唇で撫でるみたいにするのが気に入っている。素直な黒髪を唇に感じながら、愛してる、という言葉が言えないのはなんでかな、と考えた。

気恥ずかしいのが一番の理由だけど、愛っていうのがどんなものなのか、実感としてわかってないからかもしれない。それはきっと広也も同じだ。

今抱いている感情と、愛という言葉がそのまま結びつくだけの経験が足りていないんだと思う。だから、これからだ。これから一緒に体験していく。

恋人を腕の中にくるみ込むように抱くと、なんともいえない安心感に満たされる。恋人の体温と優しい声。こうやってるうちに、いつか自然に愛してる、と言えるようになるだろう。俺も、広也も。

「そういえば、ヒロもどっか行きたいとこがあるんじゃなかったっけ?」

「ああ、うん」

ふと思い出して聞くと、ヒロがちょっと苦笑した。

「でも、やっぱりいい」

広也を連れ回してばかりで悪いなと思って、行きたいところがないか聞いた時も、確か同じようなことを言っていた。

「あの時もそう言ってたけど、どこ?」

「そんな、わざわざ一緒に行くとこでもないんだけど」

「いいよ。ヒロが行きたいとこなら、どこでもわざわざ行こう」

俺が言うと、広也はくすっと笑った。

「川なんだ」

「川？」

「うん。一回一緒に行ったよ。瀬尾君を監禁してた時に、散歩に行こうって」

「ああ、あそこか」

思い出した。確か子どもの頃に住んでいたマンションが近くにあって、ここに来ると落ち着くんだ、と言っていた。きっと何か思い入れがあるんだろう、とあの時も思った。

「でも、まだ寒いしね。いつでも行けるし」

「そうか。じゃあまた今度散歩に行こう」

「うん、もう少し暖かくなったらね」

話をしてるうちに、だんだん眠くなってきた。広也もふわ、と可愛らしいあくびをした。

「もう寝ようか。瀬尾君、明日から会社だし」

「うん…」

おやすみ、という広也の声がかすかにして、広也の指輪が手に触れた。

それが、幸福な二週間の、締めくくりの記憶だった。

夢のように楽しく過ごしたあとは、現実の生活が始まる。

だけどその現実の生活が、遊び倒した二週間よりさらに幸せなものになるとは、さすがに俺も思っていなかった。

「ただいま」

家に帰ってドアを開けると、中はふわっと暖かくて、すぐに広也のスリッパの音がする。もうこれだけで嬉しい。

「お帰り」

一週間の研修は終わり、中途採用組はすぐに営業所に配属された。覚えなくちゃいけないことが多くて大変だけど、どんなに疲れて帰っても、広也の顔を見るだけで元気になる。

ちゅ、とキスをすると、広也はくすぐったそうに笑ってキスを返してくれた。

「ご飯できてるよ。すぐ食べる?」

「食べる。今日は何?」

「牛筋《ぎゅうすじ》のとろとろ煮と、青梗菜《チンゲンサイ》の大蒜炒《にんにくいた》めと、卵とトマトのスープと、水菜《みずな》とチーズのあわてんぼうサラダ」

最後のは別にお茶目《ちゃめ》で言ってるわけじゃなく、そう本に書いてあったんだろう。広也は相変わらず料理本を睨みながら、計量スプーンとキッチンタイマーを駆使《くし》して真剣勝負で料理をし

ている。

「いただきます」

手を洗って、着替えをして、テーブルについて手を合わせる。

たぶん、普通の人にはこんなことは平凡《へいぼん》すぎて、いちいちその意味なんか考えないだろうと思う。

だけど俺にはものすごく貴重な瞬間だ。

大事《だいじ》な人と食卓について、いただきます、と手を合わせること。それができることが、心底嬉しい。今までずっと憧《あこが》れていたのはこういうことだったんだ、としみじみ思う。

「うまい」

そして広也は本当に料理の腕を上げた。とろけるように柔らかく煮込んだ牛筋は、白味噌《しろみそ》に胡麻《ごま》の風味が溶け込んで、唸《うな》るほどうまかった。

「で、これはなんで『あわてんぼうサラダ』なんだ？」

さっと作れるという意味だろうが、水菜のサラダは素揚げしたナッツがまぶしてあって、けっこう手間がかかっている。

「さあ。でもそういうタイトルなんだ」

「タイトルって」

大真面目な返事がおかしくて思わず笑ったが、広也は俺がなんで笑ってるのかわからずにきょとんとしている。その顔がまた可愛くて、テーブルごしに手を握ろうとした時に、携帯が着信を鳴らした。俺のだ。

「ごめんな。会社からかも」

上着のポケットに入れたままの携帯を取り出し、発信人の名前を確認してみると、意外な人の名前が表示されていた。

「三上《みかみ》さん？」

『こんばんは。久しぶりねえ、元気にしてるの？』

施設職員の三上さんとは、引越しする時に挨拶に行って以来だった。ずっとアパートの保証人になってもらっていたけど、新しいところは保証人がいらないから、と広也のこともその時に話した。タイミングが合わなくてまだ紹介していないけど、近いうちに時間を作ってもらって食事でもしようと思っていたところだった。

『ところで、瀬尾君は最近、間宮《まみや》君と会ってる？』

しばらく仕事のことを話してから、三上さんが話を変えた。間宮君、というのは施設時代の先輩だ。

「先輩ですか？　いや、最近は会ってないです」

先輩は俺より二つ年上で、ひょろっとした身体つきと顔色の悪さで、死神《しにがみ》というあだ名をつけられていた。ふだんはすごく大人しいけど、怒ると手がつけられないくらい暴《あば》れる。だから、施設時代は俺以外にあんまり親しくしてる相手はいなかった。

三上さんが転勤してきて、親身《しんみ》になって世話をしてくれるようになってからはずいぶん落ち着いて、先輩はちゃんと高校も卒業したし、建築関係の会社に就職した。

『最後に会ったのっていつ？』

「えーと…もう一年以上前です」

答えながら、もうそんなになるのか、とちょっと驚いた。一時《いちじ》は本当の兄弟みたいにつるんでいたのに、俺があんまり馬鹿なことばっかりやるから、呆《あき》れられて疎遠《そえん》になっていたのだ。

「俺が入院してた時、お見舞いに来てくれたんですけど、それが最後かな」

記憶を辿《たど》ってみたが、確かにそれが最後だ。その前から、もうあんまり会ったりはしてなかったけど、誰から聞いたのか、俺が喧嘩《けんか》した挙句《あげく》に病院に担《かつ》ぎ込まれた時は、三上さんより先に駆けつけてくれた。

あの時も、いい加減にしないと本当に寿命縮めるぞ、と忠告してくれたのに、俺はその時まだ改心してなくて、よく覚えてないけどナマイキな口を利いたと思う。売られた喧嘩を買わないのは男じゃない、とかなんとか。先輩は作業着姿だった。きっと疲れてるのに仕事帰りに来てくれたんだよな、と思うと、改めてあの時の自分をぶっ飛ばしたくなった。

「先輩が、どうかしたんですか？」

『先週から電話してるんだけど、携帯が繋がらないの』

三上さんの話によると、先輩はアパートの家賃を滞納《たいのう》していて、勤《つと》めていた建築会社も年末には辞《や》めていたらしい。

『この前アパートにも行ってみたんだけど、チラシとかがドアのとこにいっぱい溜まってて、しばらく帰っていないみたいなの。私もなかなか時間とれなくて、それからは行ってないんだけど』

「じゃあ、俺も一回行って、様子を見てきます」

先輩は俺と違って、思いつきで行動したりしない。何かあったのかと心配になった。

『そう？　じゃあもし連絡がとれたら、私のところにも電話してって伝えてくれる？』

「わかりました」

「どうかしたの？」

携帯をしまっていると、広也が声をかけてきた。俺が簡単に説明すると、心配そうに、

「変な人に監禁されたりしてなきゃいいけど」

真顔《まがお》で言ったから、笑ってしまった。自分のしたことはもう忘れたのか。

「なに？」

そして俺はこのきょとんとした顔に弱い。

「いや、なんでもない。とにかく明日、帰りに先輩のアパートに寄ってみるよ」

先輩のアパートに行くのは、ずいぶん久しぶりだった。目印にしてた喫茶店がコンビニになってたり、駅からの道はずいぶん変わっていた。

それでもすぐに見覚えのある二階建てのアパートが見つかった。先輩の部屋は一階の一番奥だ。十中八九、いないだろうと思っていたのに、思いがけなくドアの隙間《すきま》からは明かりが洩れている。

「…瀬尾？」

ドアをノックすると、しばらくして先輩が出てきた。俺を見て驚いている。

「先輩、いたのか」

ちょっと顔色は悪いけど、とりあえず元気だ。最悪のことも頭の片隅《かたすみ》にはあったから、俺は心底ほっとした。

「ごめん、急に。昨日三上さんから、先輩と連絡つかないって電話もらったから、心配になって来たんだ。携帯も繋がらないって言ってたから、連絡ナシで来てごめん」

ああ、と少し気まずそうに視線を落とし、それから先輩は大きくドアを開けた。

「寒いだろ。入れよ」

部屋に入ると、ピンクのクッションと化粧道具が目について、女と住んでいるとすぐにわかった。ソファの上に洗濯物が山積みになっていて、その中に派手《はで》な下着が覗《のぞ》いている。壁のハンガーにかかっている豹柄《ひょうがら》のコートや、使い古した感じのブランドバッグから、どういうタイプの女かは想像がついた。

「彼女と一緒に住んでるの？」

コートを脱ぎながら聞くと、やかんに火をかけていた先輩が苦笑した。

「さあ」

「さあって？」

「もうしばらく帰って来てない」

「帰って来てないって、喧嘩でもしたの？」

「いや。でも、帰って来ない」

要領を得ないけど、いい話になりそうにもなかったから、それ以上聞くのはやめた。

「おまえは？　足、すっかりいいのか」

「ああ、うん。俺って不死身《ふじみ》みたい」

俺が言うと、先輩は声を出さずに笑った。バットで殴《なぐ》られた足は骨折した場所が悪くて、もしかしたら完全には元に戻らないかもしれない、と医者に言われていたのだ。一週間後、俺が病院の屋上でバレーボールしてるのを見て、その若い医者はぶったまげていた。

「あれから、おまえも真面目に就職したんだってな。三上さんが喜んでた」

「うん、なんとかやってる…あ、すんません」

座卓《ざたく》の前であぐらをかいてる俺の前に、先輩がコーヒーカップを置いてくれた。

「あのさ…先輩、金、困ってる？」

いろいろ言い方に迷ったけど、結局ストレートに聞いた。

「家賃、滞納してんでしょ」

先輩は一瞬俺を睨んだけど、すぐにふん、と笑った。

「女に、金、持ち逃げされたんだ」

「えっ」

「いろいろ心当たり捜してみたけど、どうも男できて、二人で飛んだみたいだ」

「……」

先輩は誰とでもつるむタイプじゃなくて、そのぶん一度心を許すと、とことん深くのめり込むほうだ。それだけに裏切られたとしたら、そのダメージは相当きついはずだ。

「そりゃ…」

何と言っていいのかわからなくて、俺は曖昧《あいまい》に言葉を濁《にご》した。

「俺のことはいいよ。おまえは？　前と同じとこに住んでるのか？」

「いや、…引越ししたんだ。転職したから、その会社の近くに」

彼女に裏切られたと落ち込んでいる先輩に、恋人と同棲《どうせい》している、とは言いにくかった。

「そうか。一度行くから、住所教えろよ」

「ああ、うん」

俺の教えた住所を携帯に入力しながら、なんか高級そうな名前のマンションだな、と呟《つぶや》いたので、今度は隠し事をしてるのが後ろめたくなった。

「実はさ、そこ、俺が借りてるんじゃなくて、居候《いそうろう》させてもらってるんだ」

「居候？　なんで？」

「いや、その…」

言葉に詰まって頭を掻《か》くと、不審《ふしん》そうな顔をしていた先輩が、俺のしている指輪に気づき、ああ、と笑った。

「なんだ、彼氏と同棲してんのか。それならそう言えよ」

「へへ、いや、なんか恥ずかしいでしょ」

「年上？」

「うん、七つ上」

答えながら、ちょっと驚く。仕事をしていない時の広也は、ちょっと天然《てんねん》入った可愛コちゃんで、そんな年上だってことはすっかり忘れてしまっている。

「そうか。よかったな。おまえには年上のほうが合ってるかもな」

よかったな、と先輩に言われて、俺はなんか急に胸がいっぱいになった。

施設時代、俺は先輩にものすごく世話になった。喧嘩っ早《ぱや》い俺をいつも庇《かば》ってくれて、困ったことがあると相談にのってくれた。ゲイだということを一番最初に打ち明けたのも先輩だった。

いつの間にか疎遠になってしまっていたけど、こうやって話していると、すんなり昔の関係に落ち着くのを感じる。今、自分がしんどい時なのに「よかったな」と言ってくれたことが、俺にはものすごく嬉しかった。

「先輩、俺さ、今ちょっと余裕あるんだ。だから、金貸すよ？」

とにかく家賃を払ってないと、保証人になっている三上さんに迷惑《めいわく》がかかる。最初は日雇《ひやと》いに行くから心配すんな、と言っていたけど、俺がそう言うと、さすがに先輩も考えを変えた。

「すぐ返すからな」

「ん、いつでもいいよ」

用意していた封筒を渡し、俺は腰を上げた。

「瀬尾」

玄関で靴《くつ》を履《は》いていると、先輩が少ししんみりした声で言った。

「来てくれて、ありがとうな」

「何言ってんの。今度はこっちに遊びに来てよ。彼氏紹介するから」

「そうだな」

ちょっと笑って、それから先輩は真面目な目になった。

「俺は逃げられたけど、おまえはうまくやれよ」

3

瀬尾君は趣味がいっぱいあっていいね、というのが広也の口癖《くちぐせ》だった。

趣味と言っても、昔みたいに改造車で峠《とうげ》を攻めたりするようなことはもうしてない。たまにボードに行ったりスロットしたりする程度だけど、それでも広也には羨《うらや》ましいらしい。「僕は勉強と仕事しか知らないから」とちょっと寂しそうに言っていたが、その日、広也は胸を張って言った。

「僕にもようやく趣味ができたよ」

料理教室に行くんだ、と言っていた日の晩だった。会社から帰ると、テーブルの上には色とりどりの料理が並んでいて、それはいつもと同じなのだが、どれも手の込んだフランス料理で、広也が昼間のうちに習ってきたものの再現だという。

「これで趣味ができた」

別に習いに行かなくても、自分が楽しければ立派《りっぱ》に趣味だろう、と思ったが、広也が満足そうなので言わないでおいた。

「エコール・ダルニャン監修・フランス料理の粋《すい》っていうコースなんだ。料理だけじゃなくて、ワインの勉強もあるんだよ」

「へえ…」

テキストを見せてくれたが、それによると「鰹《かつお》とプロヴァンス野菜のロースト、ギリシャ風ハーブのサラダ、牛肉のガスパッチョ」という献立《こんだて》らしい。広也は上機嫌《じょうきげん》でワインの栓《せん》を抜いている。

「いただきます」

いつものように唱和《しょうわ》して、今日は箸《はし》の代わりにナイフとフォークを取った。

「すごいな、こんなの家で作れるのか」

「うん、家で作れるように工夫《くふう》してあるんだって」

話を聞くと、料理教室は四人一組でグループになって、分担で調理をするらしい。

「三人ともいい人で、僕が失業中だって言ったら同情してくれた」

「はは」

失業してても、広也の資産は一生働かなくても問題のないレベルだ。

「でもこんなの家で作って食うのって、金持ちの奥さんかな」

「みんな独身だって言ってたよ」

何気《なにげ》なく聞いたら、広也は気になる返答をした。

「結婚相手を探してるんだって。でも三人とも綺麗な人だから、すぐ素敵な人が見つかるよね」

「……」

俺が贈ったシルバーのリングを、以前広也は左の薬指につけてくれていた。今はしてない。料理をしている時に失《な》くしそうになったとかで、今はネックチェーンに通して首につけているのだ。

料理教室に行く時だけでも指輪をして欲しいところだが、そもそも料理の時に失くしそうだという理由でネックチェーンにしてるわけだから、難しい。

「その料理教室さ、ずっと通うの？」

「うん、そのつもり。それでね、今度ワインの試飲に行こうって誘ってもらったんだ」

「四人で？」

「ううん。そのうちの一人と。ワイナリー巡りが趣味だから、案内してくれるって」

「……」

女と二人きりで出かける、という宣言に、どう反応したらいいのか、俺は悩んだ。

広也が俺と同じように生粋《きっすい》のゲイなら問題はない。友達ができてよかったな、と心広く思えるだろう。でも違う。ふだんは忘れているけど、広也が無意識に派手な格好の女を目で追っていたり、逆に官能的な男のポスターをスルーするたび、ちょっと戸惑《とまど》って、ああそうだった、と思い出すのだ。広也はもともとストレートで、俺が強引《ごういん》に口説《くど》いて恋人にした。

「どうしたの？」

急に食うのをやめた俺を、広也が不思議そうに見た。

「あ、いや。これ作るの、時間かかっただろ？」

「でも、趣味だからね」

趣味ができたことがよほど嬉しいらしい。広也はソースの作り方を熱心に説明してくれた。その顔を見ていると、自分の中のもやもやしたもののせいで料理教室に行くなとはとても言えない。何より心の狭《せま》い男だと思われたくなかった。

「あのさ、ワイナリーに行く時は、教えて？」

「いいけど、どうして？」

「いや、理由はないけど」

いつも可愛いなあと思って眺める恋人を、俺は異性の視点で観察してみた。

広也は俺から見れば小柄《こがら》だが、平均身長はあるし、顔立ちは文句《もんく》なしの美形だ。それも決して女っぽくはない。

ボードに行った時も、広也がゴーグルを上げると周りの女がいっせいに注目して、俺はひそかに自慢《じまん》に思っていた。俺も女受けするほうだけど、デカイせいもあって、怖そう、と言われることもある。でも広也のことを苦手だと思う女はいないいんじゃないか。

「その人、ヒロのこと狙《ねら》ってるかもよ？」

反応を見たくて冗談めかして言ったつもりだったが、ごまかしきれてない。声が本気だ。でもさすがに鈍感王《どんかんおう》、広也はそんなことには気づかない。

「あはは、まさか」

広也が明るい声で笑ったから、俺もつき合いで笑ったけど、絶対に今俺の目は笑ってない。先週、先輩が女に逃げられた、と落ち込んでいた様子がふっと脳裏《のうり》に浮かんで、鳩尾《みぞおち》が痛くなった。

——俺は逃げられたけど、おまえはうまくやれよ。

先輩の忠告が急に重く感じられたが、具体的にどうすれば逃げられずに済むのか、俺にはわからなかった。ずっと心の中で引っ掛かっている俺の命題、「愛してる」が言えないことが、また意識に上《のぼ》ってきた。

「来週はテリーヌ作るんだよ。楽しみだなあ」

俺の悩みに気づく気配もなく、広也は料理のテキストをめくって、とても嬉しそうだった。

広也が女友達とワイナリーにでかける日、俺は朝から落ち着かなかった。行くことになったよ、と聞いた時から必死で引きとめる理由を探したが、見つからないうちに今日になってしまった。

せめてネックチェーンにしてるリングを指にしてくれと頼もうかと考えたが、いや、そんなことを言ったら広也を信じてないみたいだ、と思いとどまり、少しすると、でもやっぱり、と同じことをぐるぐるぐるぐる考えた。考えすぎて、それだけで疲れた。

「瀬尾君、どこか悪いの？　なんだか食欲ないね？」

朝食の途中で、広也が心配して額に手を当ててきた。

「夕べ頑張ったせいかな」

ごまかそうとして笑って言ったら、広也は珍しくちょっと赤くなった。

「夕べだけじゃないよ、最近ずっとだよ」

嫉妬《しっと》と不安は、最高の性欲増進剤になるらしい。何より広也がふと女に興味を持ったりしないようにと、俺は最近、かなりしつこかった。それについては自覚がある。

「ヒロ」

夕べの可愛い泣き顔を思い出して、また欲情した。ちらっと時計で時間を確認して、俺は額にあった広也の手を握った。

「なに？」

もうスーツを着て出勤の準備をしていたが、時間的には問題ない。朝飯《あさめし》を犠牲《ぎせい》にすれば。

「したい」

俺が言うと、広也はびっくりした顔になった。今まで誘って断られたことは一度もないが、さすがにこんな朝からは無理だと言われるかもしれない。

「時間、だいじょうぶ？」

「ヒロが協力してくれたら」

「でも瀬尾君、もうスーツ着てるのに」

そう言いながらも、声に拒絶《きょぜつ》の匂いはない。

「だからさ、早く」

俺はすっかりその気になった。腕を引っ張ったら、広也は向かいの椅子《いす》から腰を上げて、テーブルを回って来てくれた。男なんか単純で、こうして無理をきいてくれると、それだけでほっとする。

そのまま広也をひざに乗せ、ちゅ、と額にキスをした。

「ほんとにするの？」

「だめ？」

広也は首筋と腕の内側が性感帯で、そこをごく軽く、指ですーっと撫でてやると、それだけで感じてしまう。今も首筋に数回指を往復させると、広也は簡単に瞳を潤《うる》ませた。

「ヒロはしたくない？」

着ているセーターの裾から手を入れ、さらに敏感な乳首に触れると、あ、と声を出して俺の手首をつかんだ。

「…ねえ、じゃあ、口でしてあげようか」

「え？」

「口で、してあげる」

小さな声がことさらセクシーで、言いながら、広也がスーツの上からすっかり硬くなった俺のを撫でた。まるで誘惑《ゆうわく》されてるみたいで、なんだか新鮮な気分になった。

「舐めてあげるよ。瀬尾君、時間ないでしょ？」

耳元でこんな刺激的なことを言われて、その気にならない男がいたらお目にかかってみたい。

「いいの？」

「うん」

椅子に座った俺の足元にひざをつき、広也がスラックスのベルトを外した。

「…」

息がかかり、次に濡れた舌の感触がして、あ、と思った瞬間、広也の口の中に呑み込まれていた。泡のような快感が湧き上がってくる。

「…は、…っ」

ベッドではしょっちゅうしてくれている行為なのに、椅子の前に這い蹲《つくば》るようにして奉仕されると、妙な征服感を感じてしまう。広也も興奮してきたらしく、その行為に没頭している。

「ヒロ」

フェラチオしながら微妙に腰を揺らしているのがたまらなく卑猥《ひわい》に見える。広也はスーツが汚れたりしわになったりしないように気をつけていて、たぶんこのまま終わらせるつもりだ。

「あ」

腕をつかんで、広也を引っ張りあげた。

「え？　…あ、せ、瀬尾く…」

「力抜いて」

テーブルのほうを向かせると、広也は意図《いと》を悟《さと》って素直に両手をテーブルについた。がちゃん、と食器のぶつかる音がして、俺は広也の穿《は》いていたウールのボトムを片手で下げた。

「これ、舐めて興奮した？」

唾液《だえき》で濡れているものをあてがって、背中から囁くと、広也は息を弾ませながらうなずいた。

広也は自分の欲求を隠したり、恥ずかしがったりしない。それは、初めて寝た時からそうだった。

「して」

舌に絡むような声と扇情《せんじょう》的なポーズに、かっと頭に血が上った。

「あ…っあ、…ん…」

腰を抱き、ゆっくり挿入《そうにゅう》していくと、広也は上半身をテーブルに預けた。カップが揺れて、コーヒーがこぼれる。

「ヒロ…」

どんな美人に迫られても興味が持てないくらいに、これが好きになればいい。

深く貫くと、痛がっていないのを確認して、ゆっくりと動き出した。

「…、は、…っ、ん…」

かたかたとスプーンが音を立てる。広也はセーターの袖《そで》を噛んで声を殺している。高まっていく快感をコントロールして、俺は恋人の様子を観察した。セーターをたくしあげると、白い背中が現れる。ゆったりと動きながら、腰から背すじをすうっと指で撫でると、広也はびくっと反応した。

「ん、それ、や…」

首筋や背中、膝と腕の内側。広也は感じやすくて、軽く指で撫でられるのに弱い。

「あ、あ…」

尻のすぐ上をくすぐるように撫でると、たまらない、というようにぎゅっと目を閉じた。

「ちょっと我慢して？」

自分のを触ろうとしている広也の手を、一瞬早く止めた。俺にはどうしても試したいことがあった。

ずいぶん前に、バイの男から「あれ経験してから、女に興味がなくなった」と聞いたことがある。あれ。俺は経験がないけど、射精しないでオーガズムに達することが、受身の男にはあ

るらしい。その快感は単純な射精の快感とは桁違《けたちが》いで、それを知ってしまったら女には何の興味も湧かなくなった、とその男は言っていた。

「は、あ…っ」

手首をつかんで、深く抉《えぐ》るように動く。一回一回、確実に広也の好きなところを刺激すると、広也はもう声を我慢するのを止めた。

「あ、あ…、もう、……」

甘い、すすり泣くような声が唇から洩れると、俺のほうが限界になってしまう。

「んっ、…」

「いけそう?」

広也の背中に覆いかぶさって、耳元で囁いた。

「無理?」

広也にドライオーガズムというものがあって、それが最高に気持ちいいらしい、という話はしていた。広也がそうなるのを見てみたい、とも言った。素直な恋人は、そんなことってあるのかな、と半信半疑の顔をしていたが、俺を喜ばせたいとも思ってくれているようで、この頃は射精をコントロールしようと努力しているのがわかる。

「ん…っ」

それでも、あんまり我慢をすると、逆に興奮が醒《さ》めてしまうというのも経験済みだ。

「ちょっと、待っ…瀬尾く…」

無理そうだ、と広也の手を離そうとしたが、広也は短く喘ぎながら、首を振った。

「何か、変…な感じ…あ、あ」

広也が肩越しに俺を見ようと身体をひねり、俺のスーツの裾が裸の腰を掠《かす》めた。その瞬間、広也は驚くような大きな声をあげた。中がぎゅっと収縮し、背中が反《そ》り返る。広也の身体を抱いて支え、本能的に強く突き入れた。

「あ、ああ…、あ」

蕩《とろ》けるような声をたてて、広也は完全に忘我《ぼうが》に陥《おちい》った。テーブルに半身を預けて、俺に腰を押しつけてくる。スプーンやフォークが床に落ち、食器が触れ合って高い音を響かせた。広也の身体が熱く締めつけ、痛いほどの快感に、俺も思わず声を洩らした。

「はー…っ、あ、あ、……あ」

聞いているだけでぞくぞくしてくる恋人の甘い声に、今どれほどの快感を味わっているか、ダイレクトに伝わってくる。脳と下半身の感覚が繋がって、その鮮烈な感覚に、俺も途中で我を忘れた。不安定な姿勢がもどかしくなって途中で床に移ったけど、記憶も曖昧で、気がつくと広也を抱いて、床の上に転がっていた。

「……ヒロ？」

快感の余韻《よいん》は残っているが、いつ終わったのかもよくわからず、こんなことは初めてで驚いたが、腕の中で広也もびっくりしたように俺を見ている。汗びっしょりで、お互いに呼吸が苦しくて口も利《き》けない。

「いま…」

「すごかったね」

まだ肩で息をしながら、広也が呆然《ぼうぜん》とした顔で言った。

「ヒロ、いった？」

「うん…よくわかんないけど」

俺のスーツはぐしゃぐしゃで、見慣れた汚れがネクタイにも飛んでいる。角度的に、こいつは広也が汚したはずで、内心でちょっとがっかりした。

「わかんないって？」

「瀬尾君が言ってたやつかな？　ドライ何とかって。変な感じになった」

「でもこれ、ヒロのだろ。ドライオーガズムってのは射精しないらしい」

広也は俺の顔とネクタイを見比べて、首を傾《かし》げた。

「でも、それはおまけみたいな感じだったよ」

「おまけ？」

「先になんかすごいのが来て、そのあといつものが来たっていうか。ねえ、浮気するなって何のこと？」

「えっ」

ようやく少し呼吸が楽になって起き上がろうとしたら、広也にストレートに聞かれてぎょっとした。

「う、浮気？」

「浮気するなって言ったじゃない」

「そ、そんなこと」

「言ったよ」

広也は床に仰《あお》向けになったまま、俺を見上げている。

「もしかして、瀬尾君、やきもち焼いてるの？」

図星《ずぼし》をさされて返事に詰まったが、すぐ腹を括《くく》った。

「…うん。だってヒロは、本当は女のほうが好きだろ？」

正直に打ち明けたら、喉のつかえが取れた気がした。広也は大きく目を見開いた。

「それで最近激しかったのか」

納得《なっとく》したように言われて、耳が熱くなる。

「まあ…そういうこと」

「あ、時間！」

広也が壁の時計を見て大きな声を出した。見るともう出勤時間が迫っている。とりあえず着替えないと外にも出られない。

「瀬尾君」

慌てて用意して靴を履いていたら、広也がビジネスバッグを渡してくれた。

「行ってらっしゃい」

「い、行って来ます」

こういう挨拶をするのが、俺も広也も好きだった。すごく普通な感じがして、家庭って感じがして。でも今日はちょっとバツが悪い。

「約束しちゃったから、今日は行くね」

広也が言って、それは仕方がないから、うん、と返事をした。

「でももう、誘われても行かないから。教室もやめる」

「え？」

「だって、心配なんでしょ？　女の人と一緒にいるの」

「う…うん」

「だからもう行かない」

「でも、せっかく趣味ができたって喜んでたのに」

二人きりで出かけるんじゃなければ、多少は我慢できるし、そこまで束縛《そくばく》する気はなかった。

「僕は瀬尾君が一番大事だから」

生真面目に言われて、胸が高鳴った。

「ヒロ」

感激してキスをしようとしたら「時間」と言われ、腕時計を見て、本当にやばい、と今度こそ玄関を飛び出した。エレベーターで駐車場まで下りながら、じわじわ嬉しくなってきた。

恋人がわがままをきいてくれたことが嬉しかったし、心の狭い男だと呆れられたりしなかったことにも安心した。

——逃げられないように、気をつけろ。

先輩の忠告を思い出し、俺は心の中で「気をつけます」と返事をした。


広也は料理教室に行くのをやめた。

特に残念そうでもなかったが、せっかく楽しそうに通っていたのにな、と後ろめたく思っていると、しばらくして今度は「合気道の道場に見学しに行ったよ」と報告してきた。

「合気道？」

「もう五年くらいやってなかったから、なまっちゃってた」

駅ビルに張り紙がしてあって、近くに道場があるのを知って見学に行って来たらしい。

「女の人もいるけど、稽古《けいこ》は別みたい。だから、行ってもいい？」

そんなふうに許可を求められると、自分のわがままが改めて申し訳なくなった。

「料理教室の件は、本当にごめん。反省してるから、許して」

「じゃあ、行ってもいい？」

「いいよ、もちろん」

おおらかにそう言えたのは、広也が女性に恋愛対象としての興味を持つことはもうないだろう、と身体で納得しているせいもあった。

朝のテーブルでやってから、広也はすっかりその快感に目覚めてしまった。開発しちゃったな、とにやにやしてたら、足元をすくわれた。

「それでね、同じ見学者の人と友達になったんだよ」

「……」

亀井《かめい》君っていうんだ、と嬉しそうに言って、広也は携帯の写真を見せてくれた。坊主頭《ぼうず》の男が、ちょっと照れたように笑っている。

「僕は友達いないから、なんか嬉しくて。瀬尾君に見せようと思って、写真撮《と》らせてもらったんだよ」

今日は物件案内が多くて、報告書の作成に手間取った。すっかり遅くなったが、広也はいつものように食事の用意をして待っていてくれた。今夜の献立は、ぶりの照り焼きに三つ葉のお吸い物、山椒《さんしょう》の効いた山芋《やまいも》の和《あ》え物、それに青菜のお浸し。どれもうまくて、仕事の疲れも忘れて満足していたのに、急に味がしなくなってしまった。静まったはずの心の不安が、またむくむくと湧いてくる。

「亀井君って面白いんだよ。人懐《ひとなつ》こい人でね、手品《てじな》とか見せてくれた」

「へ、へえ」

うきうきと話す広也に、必死で平静を装《よそお》ったが、もしこの男がゲイだったら、と想像しただけで胸が重苦しくなった。今の広也に近づけて危ないのは、女じゃない。男だ。しかも合気道ってのは組み手とかあるんじゃないのか。危険だ。危険すぎる。

「それでね、来月、道場で合宿があるんだって」

「えっ」

俺の内心の葛藤《かっとう》を知るはずもなく、広也は屈託《くったく》なく追い討ちをかけた。

「が…合宿？」

思わず声が裏返る。それは…あまりにも危険だ…。

「温泉もついてる合宿所なんだって。どんなとこだろうね？」

もうすっかり行く気になってて、わくわくしてるのがわかっているのに、やめろとは言えない。言いたいけど、言えない。前科があるだけに、今度こそ狭量《きょうりょう》な男と呆れられるに違いない。

「あのね」

携帯をしまいながら、広也がちょっとため息をついた。

「僕はずっと、友達つくっちゃいけないって言われてたんだ」

「え？　誰に」

「お母さん」

「なんで？」

びっくりして聞くと、広也は首を傾げた。

「わからない。子どもが嫌いだったから、家に連れて来るとかがわずらわしかったのかもしれない。でも、お母さんが死んじゃって、もう誰も友達の話しても怒らないってわかってても、なんかうまく友達つくれなくて。勉強してる時が一番落ち着くって、変だよね」

笑って話し、それから広也は少し黙り込んだ。

「…食おう？」

「うん」

いつの間にか、俺も広也も箸が止まっていた。広也の子どもの頃のことは、俺はよく知らない。広也もあまり話さない。たぶん、説明するのが難しい、いろんなことがあったんだろうと思う。

「ヒロ、本当に料理うまくなったよな」

話を変えようと俺が言うと、広也は嬉しそうな顔をした。

「料理、本当に好きになったよ。何作ろうかなって考えるのも楽しいし」

それから広也はちょっと真面目な目になった。

「初めてなんだ。今みたいに何かしてみたいって自分で思って、それをするの。好きな人と毎日ご飯食べたりね、友達ができたり。普通のことなんだろうけど、すごく…不思議な気がする」

なんとなく、広也が感じていることが俺にはわかった。日常がどれだけ豊かなものなのか、俺も広也と一緒に暮らすようになって実感するようになったからだ。同じことを、同じように感じていることが嬉しい。

「不思議な感じ」

広也がもう一度言った。

「瀬尾君がそこにいるのも、友達ができたりするのも」

友達か…と、俺は現実に戻ってどんよりした。しかし広也がこんなに喜んでいるのに、「そいつは友達以上を狙ってるかもしれないから心配だ」と口を出すのもどうかと思う。

「ヒロ」

「ん？」

余計なことを言う代わりに、テーブルの上で手を握った。

「好きだよ」

「僕も」

にっこりすると、広也の瞳は猫《ねこ》みたいにきゅっと細くなる。普通にしている時の広也はどちらかというと冷たく見えるから、その落差にいつも俺はやられてしまう。くそ、可愛いなあ。こんな可愛い顔で笑ったら、たとえ亀井君がノンケだったとしても、ぐらっとくるんじゃないのか。

なんとか合宿を阻止《そし》できないものかと、背中に嫌な汗をかきながら思案していると、インターフォンが鳴った。

「こんな時間に、誰だろう?」

広也が不思議そうに立って行き、すぐに「間宮さんって人だけど」と俺を振り返った。


金を返しに来た、と言って、先輩は物珍しそうに部屋を眺めながらジャケットから封筒を出した。

「こんな早く、いいのに」

「持ち逃げされた金、返してもらえたんだ」

逃げた彼女が、知人を通して返してきたとかで、先輩は複雑そうだった。きっぱり縁を切られたともとれるし、最低限の誠意は尽くしたともとれる。俺も何も言えなかった。

「すみません、すぐ帰るんで」

広也がコーヒーを出してくれたので紹介すると、ちょっとまごついた顔でそう言った。

「いいよ、ゆっくりしてってって。先輩、メシは？」

「いや、いい。悪いな、メシ時に」

部屋がでかいワンルームなので、キッチンテーブルで食事の最中だったことは丸見えだ。

「どうせもう食い終わるとこだったから、気にしないでよ。ヒロ、ビールある？」

「いいよ、俺、バイクだし。本当にもう帰る」

かえって気を遣《つか》わせたみたいで、先輩はコーヒーに形だけ口をつけて、ソファから腰を上げた。

「彼氏、おまえよりだいぶ上だって言ってなかったか？」

せめてマンションのエントランスまで送ろうと一緒に部屋を出ると、先輩が小声で聞いてきた。

「そうだよ。七つ上」

「嘘《うそ》だろ。どう見ても二十歳くらいにしか見えん」

本気で驚いているから笑ってしまった。

「あれで、仕事はすげえできる人なんだよ。前の会社の専務だったんだ」

「へえ」

マンションのエントランスを出ると、先輩は植え込みの陰にバイクを停めていた。

「またいつでも来てよ」

「ああ、そうだな。また飲みに行こうぜ。よければ、彼氏も一緒に」

「…あのさ」

昔、俺はよく先輩にいろんなことを相談していた。その時の習慣と、彼氏、という言葉に、ふと今抱えている心配事を聞いてもらいたくなった。

「俺ってヤキモチ焼きみたいなんだよね。そういうの、どう思う?」

先輩はバイクにまたがったまま、俺の話を聞いてくれた。

「そりゃ正直《しょうじき》に言ったほうがいいんじゃねえの?」

しょうもないことで悩んでるよな、と自分で思ったけど、先輩も苦笑しているからそう思ってるんだろう。

「我慢して、腹の中で妙に勘《かん》ぐってたら、かえってこじれるぞ。やせ我慢しているうちにホントに浮気されたってのもあると思うし」

グローブを嵌めながら、先輩は最後のほうは実感のこもった声で言った。

「俺がそうだよ。おかしいと思った時に問い詰めれば、結果は違ってたかもな。でもやせ我慢した。結婚の約束までしてるんだ、って無理に格好つけてたんだ」

「……」

「おまえはうまくやれよ。俺の失敗から学べ」

苦く笑って、先輩はエンジンをかけた。


先輩を見送った帰りのエレベーターの中で、俺は先輩の言ったことを反芻《はんすう》した。腹の中であれこれ考えてたらかえってこじれるぞ、という意見に、俺も賛成だった。やせ我慢してるうちに本当に浮気された、という実録告白は説得力《せっとくりょく》もあった。

「合宿、行かないでくれ」

だから部屋に戻って、いきなり言った。広也はキッチンで後片づけをしていて、びっくりしたように振り返った。

「何のこと？」

「合気道の合宿。やめてくれ。亀井って男は絶対ヒロにちょっかいかける」

目を丸くして俺の言うことを聞いていた広也は、でもさすがに今度はすぐに「わかった」とは言ってくれなかった。

「亀井君はそんな人じゃないよ」

庇うように言うのがまた気持ちを粟立《あわだ》たせる。

「知り合ったばっかりで、なんでわかる？」

「わかるよ。それに、もし何かあってもちゃんと逃げられる」

「寝てるとこ襲《おそ》われたら？　酒だって飲むだろ？」

「…だって、そんなこと言ってたら、僕は何もできないよ」

たまりかねたように言われて、そのとおりだと思った。思ったけど気持ちは変えられない。

黙っていると、広也はため息をついた。

「僕は瀬尾君が会社の女の子と浮気するかもなんて心配、しないけどなあ…」

そう言われると、ぐうの音《ね》も出ない。俺は心配症で、心が狭い。広也が俺を責めてるわけじゃないのがさらに痛かった。

「ちょっと考えさせて」

広也はそう言って向かいの部屋に行ってしまった。そのまま一時間経っても戻って来ない。怒ってる様子はなかったが、喧嘩どころか言い合いをしたこともなかったから、どうしたらいいのかわかない。

やっぱりあんなこと言うべきじゃなかったか、と部屋の中をうろうろして、思い切って向かいの部屋に行った。

「ヒロ？」

広也はベッドにもぐり込んでいたが、俺がそばに行くと、もぞもぞと起き上がった。電気はついていないが、カーテンを引いていないので、外からほのかな明かりが入ってくる。

「怒ってる?」

おそるおそる訊くと、広也は首を振った。

「なんか、うとうとしてた」

表情まではっきり見えないが、声はいつもの広也で、ほっとした。

「ごめん、起こしたな」

「ううん…」

ベッドに座ると、シーツに広也の体温が移っていて、温かかった。もうすぐ四月で、昼間はずいぶん暖かくなったけど、夜はまだ冷え込む。広也が「寒くない?」と言って俺のシャツの袖を引っ張ったので、誘われるまま、ベッドに入った。

人の体温って、心の中まで温かくなる。好きな相手ならなおさらだ。

「あったかい?」

「うん…」

腕の中に巻き込むようにすると、広也がぴったりとくっついてくる。素直な黒髪が喉もとに触れ、目を閉じるとなんともいえない満ち足りた気持になった。シャツごしに、広也の心臓の音が伝わってくる。広也もじっとしていて、きっと同じように俺の心臓の音を聞いている。

密着した胸のところに、何か硬い感触がした。俺の贈ったリングだ。広也はネックチェーンに通して、いつもつけてくれている。指で触れると、広也は俺の指のリングに触った。黙っていても気持ちが通じる。

合宿に行くなと言ったことを謝《あやま》ろうと思ったけど、せっかくの穏《おだ》やかな空気を壊すのが嫌で、あとにしようと思った。広也も何も言わない。

「あのさ…この前、ヒロが買物して帰るとこ、見たよ。言うの忘れてたけど」

黙っているのも心地よかったけど、何か話をしたくなって、話題を探した。

「え、いつ？」

「先週。俺、お客さん車に乗せてたから合図できなかったけど。天気よくて、ヒロ、すごく楽しそうだった」

それはまったくの偶然で、俺が信号待ちをしてる横を、広也はスーパーの袋をひとつ下げて歩いていた。ハンドルを握ったまま、広也がこっちに気がつかないかな、と思って見ていたけど、広也は気づかなかった。

なんてことのない、春先の午後だった。でも空が気持ちよく晴れていて、ベビーカーの赤ちゃんや、ベストを着せられた犬や、高校生たちがみんな仲良く暖かな日差しを浴びている。

「ヒロ、散歩してる犬見て、にこにこしてた」

思い出すと、自然に気持ちが温かくなる。広也も声を出さずに笑う気配がした。

「ふらふら歩いてたでしょ？　僕ね、前はゆっくり歩けなかったんだよ。よく専務は歩くのが速いって秘書の女の子に閉口《へいこう》されてた」

言いながら、広也がぎゅっと抱きついてきた。

「あのね、道場行くの、やめる」

「え？」

「さっきから考えてたんだけど、今決めた。瀬尾君が嫌だって言ってるのに、行くことないよね」

合宿は危険すぎると思っていたが、道場に通うことまでやめろと言うつもりはなかった。料理教室もそうだったけど、広也の楽しみをじゃましたいと思ってるわけじゃない。

「でも」

「いいよ。瀬尾君、すぐ心配するもんね」

広也の優しい声に、ぐっときた。同時に内心ではほっとしている狭量な自分に気づいて、ちょっと凹《へこ》んだ。

「俺、わがまますぎるよな。ごめん」

「そうだよ、瀬尾君はわがままだよ」

広也はちょっと口を尖らせた。

「でも、いいよ。こういうの、惚れた弱みっていうんでしょ？」

笑って言う広也の髪からは、シャンプーのいい匂いがする。大好きな黒髪に鼻先を突っ込むと、広也がくすぐったそうに笑った。

「瀬尾君ってけっこう甘えるよね」

「うん。ヒロに甘えてる」

でっかい身体で広也を包むようにしてるけど、今、包んでもらってるのは俺のほうだ。

途方もない幸福感に、愛されてるなあ、と思った。愛っていうのがどんなものなのか、実感できないでいたけど、最近ほんのちょっとわかった気がする。

「ヒロ…」

もしも広也に何かあったら、俺は自分の命を投げ出してでも広也を助ける。広也のためなら何でもできる。

広也がいなくなったら、この世の全ては意味がない。

4

広也のくしゃみは、すごく可愛い。

くしゅん、くしゅん、と朝からくしゃみをしていて、風邪《かぜ》ひいたみたい、と朝食を食べながらぼやいていた。

「大丈夫?」

「うん、ちょっと喉が痛いだけ。昨日、暖房切って寝たのがいけなかったかな。起きた時、寒かったよね？」

「そうかな？」

俺は暑い寒いに鈍感で、真冬でも寝る時はTシャツ一枚だ。でも確かに天気予報で「寒《かん》の戻り」って言ってたから、寒かったんだろう。

「今日は家にいたら？　買物あるなら、俺が帰りに買物してくるから、メールして」

「うん、ありがとう。今日は内装工事の人が来るから、どっちにしても家にいるよ」

俺が趣味にいちいち口を出すのに閉口したのか、広也は「そろそろ仕事しようかな」と、先週あたりから、空けていた階下の部屋を事務所に使うため、軽いリフォームを計画していた。その工事が今日入るらしい。

「しんどかったらちゃんと寝てろよ？　電話してくれたら、俺が鍵開けに帰るから」

「このくらいで、おおげさだよ」

広也に苦笑されたけど、自分が桁外れに丈夫なもんだから、風邪気味とか言われてもどの程度具合が悪いのか、いまひとつよくわからない。

心配だったので、仕事を調整して、いつもより二時間ほど早く帰ってみると、工事はそろそろ終わりかけていて、工事の人がブルーシートや脚立《きゃたつ》を片づけ始めていた。そして責任者らしい作業着の男と何か話していた広也は、顔色が悪かった。

「あ、お帰り」

俺に気づいて笑いかけてくれたが、どことなく元気もない。作業着の男はちょっと怪訝《けげん》そうに俺を見た。いかにも同棲してます、みたいにスーパーの袋を提《さ》げて帰って来たのが女なら、何の不思議も感じないだろうが。

「大丈夫か？　顔色悪いぞ。俺が鍵閉めとくから、先に帰ってろよ」

「そう？　じゃあ頼むね」

本当に気分が悪かったらしく、広也は俺に鍵を渡し、作業着の男に軽く頭を下げた。

作業着の男は、男前《おとこまえ》だった。日焼けした精悍《せいかん》な顔は、うっすらと無精ひげが生《は》えかけていて、男くさい。三十前後で、厚い作業着を着ていても逞《たくま》しい身体つきをしているのがわかった。

「すみません、ここにサインをお願いします」

男は俺に作業工程表を差し出した。

目が合った瞬間、長年の勘が、こいつはゲイだ、とセンサーを鳴らした。料理教室の女とか、合気道の大学生とか、この男に比べたらどうってことなかった。勝手に俺が心配してただけなんだから。だけどこいつは違う。男は階段を上がっていく広也をちらりと見た。まるきり獲物《えもの》を見る目つきだ。

「工事は明日で終わりですよね？」

「ええ、一応」

男も俺を観察していた。背は俺より低いから、目線は少し下だ。じろっと見上げた目が、あの美人はオマエのか、と訊いている。

「じゃあ鍵を開けておきますから、明日はそのまま工事を始めて下さい」

差し出された工程表にサインをしながら、俺のだよ、と目で返事をした。手を出してみろ、タダじゃおかねえ。

「終了時間の目途《めど》がたった時点で、私に電話をください。他の連絡も全部私のほうにお願いします」

私に、のところに力をこめて男を見返すと、やつは軽く肩を竦《すく》めた。

「…わかりました」

俺の威嚇《いかく》に「了解」のサインを出し、やつは工程表のボードに俺の渡した名刺を挟んだ。


俺が部屋に入ると、広也は体温計をくわえてソファに横になっていた。

「熱があるのか?」

慌てて広也のそばに寄って体温計を見ると、八度を少し超している。

「夕方から寒気《さむけ》してきて、熱でるかなあと思ってたんだけど、やっぱりだ」

「やっぱりって!」

うろたえて、つい大声を出してしまった。

「寒気したんなら俺を呼べよ。五分で帰って来れるのに」

「このくらいで、おおげさだよ」

救急外来に連れて行きたかったが、広也に「このくらいで行ってたら、本当に具合の悪い人に迷惑でしょ」とたしなめられた。

「それに、もう悪寒《おかん》しないから、大丈夫」

大丈夫と言われても、心配でいてもたってもいられない。食欲はあると言うので、広也を毛布でくるんでおいて、急いで消化のよさそうなものを作った。

「やっぱり瀬尾君は料理うまいね」

柔らかめに炊《た》いたご飯と、白身魚《しろみざかな》の煮つけ、それに豆腐《とうふ》と葱《ねぎ》たっぷりの味噌汁。広也の背中にクッションを当てて起こしてやると、「重病人みたい」と広也はちょっと笑った。暖かくしたのがよかったのか、顔色はすいぶんよくなっていて、少しだけほっとした。

「おいしい」

魚の煮つけを一口食べて、広也が感心したように言った。

「瀬尾君って何も見ないで作れるからすごいよね。それになんでこんな早く作れるの?」

「愛かな」

「あはは、そうか、愛だった」

本当に食欲はあるみたいでおいしそうに食べているし、笑っている様子もいつもと同じだ。

俺はひとまず安心した。

「工事、明日は俺が鍵開けておくから、ヒロは寝てろよ？　何かあったら俺の携帯に連絡しろって言ってあるから、もしチャイムが鳴っても無視していい。工事の男が来たら、ヒロもすぐ俺の携帯にかけて」

「…瀬尾君、もしかして、またヤキモチ焼いてる？」

広也がふと顔を上げて聞いた。ぎくっとしたが、今回は疑いじゃない。

「あの男は間違いなくヒロをそういう目で見てた」

断言したが、どうも俺が言うと単なる言いがかりに聞こえて信憑性《しんぴょうせい》がない。広也もしょうがないなって感じで笑っている。

「そんなに心配？」

「うん」

こういう時には変な格好つけず、正直になったほうがいい、というのは学習した。

「ヒロのこと、信じてないわけじゃないんだ。だけど、俺だってヒロを強引に口説いたんだから、同じことする男がいたって不思議じゃないだろ？」

「瀬尾君が思うほど、僕はもてないよ」

呆れ気味に言われたが、俺に言わせれば、広也こそ自分のことがわかってない。色っぽくて可愛くて、放っておいたら誰にさらわれるかわかったもんじゃない。

だからもう、いっそのこと、箱に入れてしまっておきたかった。広也をポケットに入れて、どこにでも連れて行きたかった。そしたら安心できるのに。

「ヒロ」

キスしようとしたら、うつるよ、と逃げられた。

「ヒロとキスできないほうが病気になる」

「ホントにしょうがないな」

ごねたら笑って軽く唇にしてくれた。唇が熱くて、やっぱり熱があるのがわかる。

「とにかく寝てろよ。風邪薬、あったたっけ」

細々《こまごま》と世話を焼くのがすごく楽しくて、薬を飲ませて、着替えさせて、そのうち広也は眠ってしまった。薬が効いたのかもしれない。ゆっくり寝かせようと毛布ごと抱き上げて、隣の部屋に連れて行こうとしたら、途中で目を覚《さ》ました。

「瀬尾君…？」

一瞬目を見開いたが、俺が抱いてるのに気づくと、広也はすぐ安心した表情になって、またすうっと眠ってしまった。その任せきった様子が本当にどうしようもなく可愛くて、身体の芯《しん》が蕩けそうになった。俺を信頼して、何もかも委《ゆだ》ねてくれている。何でもしてあげたい。

そっとベッドに寝かせて、俺はしばらく広也を見ていた。

細い黒髪が額にかかり、濃い睫《まつげ》がなめらかな頰に影を作っていて、俺の恋人はすごく綺麗だ。

見たら誰でも欲しくなるほど。

だからこうやって誰にも見せず、大切にしまっておきたい。ずっとここに閉じ込めておきたい。他の誰にも取られないように。他の誰にも触らせないように。

そんなことは不可能だけど、できることなら、そうしたい。


次の日で、工事は無事終わった。

危険な男は去ったけど、広也の熱は下がらなかった。どころか、翌日の夕方には四十度近くまで上がって、もしかしてインフルエンザじゃないかと半休をとって病院に連れて行った。結局インフルエンザではなかったが、今流行《はや》ってる風邪でしょう、と診断された。高熱は二日ほどで下がるが、そのあとけっこうだらだら微熱が続くらしい。

「とにかく寝てろよ。無理すると長引くって医者が言ってたろ?」

病院から帰ると、俺は早速広也を寝かせた。

「瀬尾君、なんか嬉しそうだね…」

「そうか?」

心配なのは心配なんだけど、ちゃんと診断もついてるし、広也の世話を焼けるのが嬉しい。

「とりあえず会社行くけど、早めに帰ってくるから。ちゃんと寝てろよ?」

「うん、薬飲んだら、また眠くなってきた…」

その日は広也が眠ったのを見届けてから、会社に行った。

それから三日、医者の言ったとおり、広也の熱は上がったり下がったりを繰り返しながら、徐々に快復《かいふく》していった。

俺にとってはこの上なく幸せな三日間だった。

広也が一日家にいて、どこにも行かないし、誰にも会わない。大事に箱にしまっておきたい、と願っていたけど、期間限定とはいえ、それが叶《かな》ったのだ。

たまたま俺のいる営業所は車で五分くらいのところにあるので、昼休みには様子を見に帰れるし、外回りの合間に家に戻ることもできる。

「瀬尾君、仕事あるのに大丈夫？」

今日も昼メシを作りに帰ったら、俺があんまりしょっちゅう戻って来るのが心配になったらしく、広也が見かねたように言った。

「俺がこのくらいで営業成績落とすとでも？」

冗談めかして言ったが、そのくらいの自信はあった。俺が入ってから、今の営業所は驚異的な成約件数を達成している。俺が稼《かせ》いでいるからだ。そして今、俺は絶好調なのだ。

なにせ家にずっと広也がいる、と思うだけで集中力も上がるし、どんな理不尽《りふじん》な難癖をつける客にも余裕の笑顔で対応できる。

「確かに、瀬尾君は生まれながらの営業だって言われてたよね」

「だろ？　それより、今晩は何食いたい？」

広也に昼飯を食べさせてから、部屋を快適に整えて、それから広也を毛布でくるんでベッド代わりのソファに寝かせた。重病人みたいだよ、と笑いながら広也も楽しんでいる。

「クリームシチューがいいな」

「わかった。他に何か欲しいものある？」

聞きながら、これは以前、俺が監禁されてた時と逆のシチュエーションだな、と思いついてちょっとおかしくなった。

「あ、じゃあ四季報《しきほう》と経済ダイヤモンドが出てるはずだから、買ってきてくれる？」

「いいよ」

さすがに三日も閉じこもっていると退屈《たいくつ》らしく、昨日はベッドでゲームをやっていたが、

「向いてないのかな、なんだかコツがわからない」とぼやいていた。そして結局、経済誌と業界新聞に戻るのが広也らしい。

「そろそろちゃんと服着替えないと、いつまでも病人気分でよくないね」

スーツの上着に袖を通していると、広也が何気ない調子で言った。

「明日はちゃんと朝着替えよう」

「外に出ないのに、着替える必要ないだろ」

「明日は買物くらい行けるんじゃないかな」

「ダメだって。医者も一週間は安静《あんせい》にしてろって言ってただろ？」

広也がパジャマでごろごろしているのを見るのが俺の安らぎなのだ。もうちょっと今の幸せを味わいたくて、俺は全力で阻止した。

「楽な格好して家にいるのが一番いいんだって。眠くなったらすぐ寝られるし」

「でも、なんだか人間として堕落《だらく》しそうっていうか…」

「堕落していいよ」

思わず言ってから、自分の言葉になぜかぎくりとした。

「でも瀬尾君は優しいから、甘やかされてると、僕は本当に自分で何もしなくなりそう」

「いいよ。一生俺が面倒みるから」

「あはは、本当？」

広也は冗談だと思って笑っているが、それが自分の本音だと気づいて、俺はうまく笑えなかった。

広也が堕落して、一人で生きていけなくなったらいい。俺は心の奥底で、そんなことを願っている。

気づかないふりをしていたが、そうだ、それが俺の本音だ。本当はどこかで自覚していた。

俺は広也が一生俺に依存《いぞん》して、どこにも行かず、誰にも会わず、俺だけのものでいてくれることを願っている。

それはとてつもない誘惑だ。

一から十まで広也の世話を焼き、一人では何もできなくさせて、俺だけのものにしてしまいたい。この部屋から一歩も出さず、誰にも会わさず、ただ甘やかして可愛がりたい。

想像するだけで胸が焦がれるような喜びが湧き上がってきて、同時にそんなことを本気で願っている自分に慄然《りつぜん》とした。

手放したくない。誰にも取られたくない。自分だけのものにして、世界中から隔離《かくり》したい。

「ヒロ…」

「ん？」

ソファの広也をぎゅっと抱きしめ、心の中で広也に自分の身勝手な願望を謝った。広也は何も気づかず、いつものように抱き返してくれた。

「瀬尾君に僕の風邪うつしちゃったら、今度は僕が看病するからね」

「…ありがとう」

俺がこんな利己的な気持ちを抱えていることも知らず、広也は屈託なくそんなことを言っている。

「どうしたの？　元気ないね？」

「夕方からちょっと面倒《めんどう》な案件があるから、それ思い出してブルーになってた」

「珍しいね、瀬尾君が」

「俺だってたまにはあるよ」

笑って答えたが、やっぱりちょっとぎこちなくて、広也が不思議そうに俺を見上げた。

「瀬尾君、やっぱり疲れてるんじゃない？　もうそろそろご飯くらい作れるから…」

「ダメだ！」

強い口調になってしまって、俺も自分で驚いたが、広也も目を丸くしている。

「せっかく治《なお》りかけてるんだから、水なんか触ったらまたぶり返す。医者がそう言ってただろ？　だらだら熱が続くけど、しっかり治さないとかえって長引くって」

「そうだけど…」

「絶対に料理なんかしたらダメだからな。ヒロはただ寝てればいいんだ。退屈だったら本でも読んどけ」

「でも」

「ヒロは俺が好きなんだろ？」

そんなことを持ち出すのは卑怯《ひきょう》だ、と思ったけど、我慢できなかった。

「え？　うん」

「じゃあ、俺の言うこと聞いてくれるよな？」

俺の勢いにおされたように、広也は困った顔でうなずいた。

「うん……」

「だったら、お願いだから、何もしないでくれ。そのほうが早く治るんだから。な？」

「……うん……」

何か変だ、と思ったようだったが、広也が何か言う前に、俺は素早く唇にキスをしてソファの脇から立ち上がった。

「そろそろ行って来る。早めに帰ってくるから、ヒロは寝てろよ？　何か欲しいものとかあったらメールして。絶対に何もしないで寝てろよ」

こんなやり方は卑怯だ、と告発してくるもう一人の自分を振り切るようにして、俺は部屋を出た。厳重に部屋の鍵をかけて。広也を部屋に閉じ込めて。


その晩、久しぶりにセックスした。

夜はずっと一緒に寝てたから、俺が我慢してるのは知ってて、「もう平気だから」って広也のほうから誘ってくれた。

ふだん、カーテンを引く習慣がないので、寝室はいつもぼんやりと明るい。でも広也が風邪をひいてからはよく眠れるようにと暗くしていた。

いつもは視覚から得る興奮でぱっと火がつくけど、こんなふうに暗いと、欲情はゆったりと湧き上がってくる。

広也は皮膚感覚が鋭くて、最初はそっと触るほうが感じる。

「ん…」

少しだけ上半身を持ち上げた仰向けの姿勢で、広也を自分の上に重ねるように抱いた。俺の胸に広也の汗ばんだ背中がぴったりと合わさって、感じるたびに小さく震えるのが伝わる。手のひらで広也の身体を触り、首筋にキスを繰り返した。肝心の部分には触れず、ただ肌を撫でるようにしていると、甘い吐息《といき》が少しずつ深く、長くなっていく。

「ん…うん…」

広也が身体を浮かせ、俺の手を触って欲しいところに誘導した。求めてくれているのが熱く伝わってくる。広也が身体をよじってキスをしてきた。

「ん、…」

広也は本当にキスがうまくなった。もともと才能があったんだろう。熱く絡みついてくる舌が情熱的で、広也のほうに誘われて吸い込まれると、我を忘れそうになる。

「あ…」

広也が身体の向きを変えた。片手で俺の首につかまり、反対側で俺を握った。柔らかな抵抗感があって、広也が腰を落とすと、ゆっくりと熱い感覚が包み込んでくる。身体の重みで俺を呑み込むと、広也は唇を離してため息をついた。

「気持ちいい…」

官能的な掠れた声に耳を愛撫《あいぶ》されて、とたんに広也の身体の中でさらに硬くなった。広也の声は相変わらず絶品で、欲情を煽《あお》る。

広也が自由に動けるように、背中を支えてやりながら一緒に快感を追った。裸の胸に、俺の贈ったリングが揺れている。

「瀬尾君、すき」

甘い吐息と一緒に、どこかあどけないような声で囁かれて、愛《いと》おしさと同時に罪悪感が湧き上がってきた。

「ヒロ」

広也はこんなに俺を幸せにしてくれるのに、俺は求めることしかできない。広也の「好き」は俺を温かく満たしてくれるのに、俺の「好き」はどこまでも自分勝手だ。

「あっ、あ…」

広也の身体の動きが激しくなり、急激に上り詰めていく。タイミングを合わせて同じ快感を極めると、広也の腰がびくっと大きく震えた。

「は……」

生暖かな感触が胸を濡らし、恋人がゆっくりと弛緩《しかん》していく。広也の身体を受け止めて、そのまま身体をずらして後ろ向きに倒れた。広也は俺の胸に頭を乗せて、満足そうに荒い呼吸をしている。

「ごめんな」

　思わず呟いたら、広也は不思議そうに俺を見た。

「どうして謝るの？」

「自分勝手だから」

「瀬尾君が？」

「そう」

「どうして？」

　広也は怪訝そうな顔をしている。

「俺、ヒロのこと、本当には大事にしてないんだ。自分のことばっかりで」

「そんなこと」

「そうなんだ」

　未熟《みじゅく》な自分が恥ずかしくて、広也の小さな頭を胸に抱えて黙っていると、少しして、広也がもぞもぞと俺の身体の上を這い上がってきた。

「瀬尾君、疲れてるんでしょ。仕事忙しいのに、僕のこともいろいろしてくれてたから」

　真上から覗き込んできた広也がちょっと心配そうに言った。

「でも、もう熱も下がったから、明日から…」

「なあヒロ、もうちょっとだけ、今のままでいて」

俺は自分勝手で、わがままだ。自覚はあるのに、正《ただ》すこともできない。強い口調で遮《さえぎ》られて、広也が少し目を見開いた。

「今のまま、って？」

「本当に俺の勝手だってわかってるんだ。だけど、ヒロを独占したい。外に出したくないんだ。俺だけのものだって思いたい」

ようやく俺の言いたいことを理解して、広也はびっくりしたように瞬《まばた》きをした。

「家にいろってこと？」

「そう。家にいてくれたら、あとは何してていいから」

「…それって、どのくらい？」

一生、とはさすがに言えなかった。

「瀬尾君の気が済むまで？」

口ごもった俺に、広也がくすっと笑って言った。

「いいよ。わかった」

「えっ？」

頼んではみたけど、無理だよ、と言われるだろうと思っていた。

「だって、最初に監禁したのは僕のほうだよ？　おまけに僕は、君の意思なんかまるっきり無視して監禁した」

「それは…そうだけど」

「でしょ?」

広也はぺたんとまた俺の胸に頬をくっつけた。

「だから、いいよ。瀬尾君の気が済むまで、家にいる」

「……」

まさかこんなに簡単に了承《りょうしょう》されるとは思っていなかったから驚いたし、動揺した。

広也は合意じゃなかったぶんだけ自分のした監禁のほうが罪が重いと思っているけど、そうじゃないことは俺が一番よくわかっていた。

俺は目に見えない部分まで広也を縛《しば》ろうとしている。広也の自由な意思までコントロールしようとしている。それは物理的な監禁よりも、数段たちが悪い。

「ヒロ…」

「うん?」

冗談だよ、と言おうとした。からかっただけだ、と笑おうとした。それなのに、この三日間の甘美《かんび》な記憶が俺を誘惑する。

「…本当に、いいの?」

声が掠れた。

広也が顔を上げて、俺の目を覗き込んできた。何の疑いも持っていない、純粋な瞳。まともに見られなくて、俺は広也の髪にキスをしてごまかした。

「いいよ。僕は瀬尾君が好きだから」

柔らかな声に、本当に胸が痛くなった。広也は俺の恋人だ。でも今、俺は広也の恋人じゃなくなった。

恋人はこんなふうに歪《ゆが》んだ執着《しゅうちゃく》で縛ったりしない。心の自由まで奪《うば》おうとして閉じ込めたりしない。

密着した胸のところに硬いものが当たっている。チェーンに通したシルバーのリングだ。指にして欲しいと素直に頼めばよかったのに、俺は代わりにこんな卑怯な方法で広也を独占しようとしている。

俺がリングに触れると、広也も俺の指のリングに触れた。指にしてくれないか、と言おうとして、やめた。そんなことを頼んでも、もう遅い。

これを贈った時、俺は広也と一緒に幸せになろうと思った。なれると思った。広也を大切にして、全力で守って、いつでも一緒にいようと思った。

それなのに、今のこの現実は、似ているようで全然違う。

どこでどう間違ったんだろう。

わかっているのは、俺はもう広也を誰にも見せたくないこと、自由に外に出したくないこと、俺だけのものにしておきたいこと、それしか考えられなくなっていることだけだった。

広也のリングに触れて、俺は襲ってくる強烈な胸の痛みに耐えた。

5

俺の小学校の卒業文集のテーマは「将来の夢」だった。

自分が何て書いたかなんか忘れたけど、サッカー選手とか獣医《じゅうい》とか、なりたい職業を書いてる同級生たちの中で、一人「人生を平凡に生きる」って書いてたやつがいたのを覚えている。

たぶんそいつはちょっと斜《しゃ》に構えたつもりで書いたんだろう。書いたやつのことなんか、もうとっくに忘れたけど、その「平凡に生きる」というフレーズを、俺は何かにつけて思い出していた。施設で育った俺にとって、それは本気の憧れだったたからだ。

好きな人と二人で、ごく平和に一生を過ごすこと。それが俺の唯一《ゆいいつ》の希望だ。

広也はその願いを叶えてくれた。

それなのに、今度はそれを失うんじゃないかという不安に足をとられて、自分でだめにしようとしている。

今のこれは「平凡」な生活なんかじゃない。その逆だ。俺は恋人に不自然なことを強《し》いている。その自覚は強烈にあった。

「お帰り」

家に帰って広也のその声を聞くたびに、前はなかった罪悪感と安堵《あんど》とが同時に胸を圧迫した。

「ただいま。はいこれ」

「あ、ありがとう」

必要な買物は、全部俺がしてくる。約束通り、広也はあれから一歩も外に出ていない。

「今日は何？　いい匂いだな」

「中華だよ。餃子《ぎょうざ》、皮から作ったんだ」

「へえ」

ネクタイを緩《ゆる》めながら、何気ないそぶりで会話をしてるけど、本当は腰が抜けそうなほどほっとしている。

毎日、今日こそ玄関を開けても反応がないんじゃないか、俺に愛想《あいそ》をつかして逃げてしまったんじゃないかとそればかりを考えていた。

それでいて、一度広也を閉じ込めてしまうと、もう外に出す決心もつかなかった。広也が熱を出した日から今日でちょうど一週間で、きっとそろそろ俺の気も済む頃だろうと思っているだろう。でも無理だ。

次に自由にさせたら、俺みたいな狭量な男のところには、もう帰って来てくれない気がする。だから、無理だ。俺は広也を手放せない。

着替えて席につくと、広也はもう自分の席にちょこんと座って俺を待っていた。

「いただきます」

海老の炒め物と若布《わかめ》のスープ、そして大皿にはいい色に焦げ目のついた餃子が並んでいる。

「うまそうだな」

ほんの数ヶ月前までは、こうして一緒に食卓につくことを、ただ単純に楽しめていた。今は違う。

「おいしい？」

「うん、うまいよ」

食っていても、俺は料理よりも広也の様子をさりげなく観察している。変わったところはないか、おかしな反応はないか、そんなことばかり気にしている。

「今日は？　何してた？」

「んー、ゲーム」

広也の声がほんのちょっと気怠くなる。広也はもともと現実的な目標設定がない娯楽を楽しむのが苦手だ。ゲームなんかは一番興味がないはずだ。

「ヒロ」

「うん？」

「ごめん」

謝るくらいなら、馬鹿なことはやめればいいのに。

「なんで謝るの？」

広也は優しい。くすっと笑ってテーブルの下で俺の足に軽く触れた。

「ねえ、さっきの僕の話、聞いてた？」

「え？　なんだっけ」

「潜在《せんざい》顧客《こきゃく》のリサーチ始めようかなって話」

「ああ、いいんじゃない」

リサーチをするだけなら。

広也も俺も、その先は話さない。

いつまでもこんなふうに広也を縛っていられないことくらい、俺にもわかっている。広也は有能な人間だ。今も前の会社からよく電話がかかってきて、何かと相談に乗っている。嘱託《しょくたく》でもいいから戻って来てくれと頼みこまれているのも知っている。

「ヒロは仕事が好きなんだよな」

「うん。僕はビジネスプラン作るのが好きなんだよね」

「……」

それなのに、俺がじゃまをしている。

「でも、一番好きなのは瀬尾君だよ」

広也の声は、いつも屈託がない。

「…うん、俺も。一番好きなのはヒロだ」

嬉しいのに、泣きたくなった。俺は最低だ。どうして広也みたいに綺麗な気持ちで好きになってあげられないんだろう。


俺はおかしい。

今にも降り出しそうな空を見上げて、迷った挙句に一度降りた車にまた乗った。

広也が外に出なくなって、もう今日で二週間が経っていた。

広也は今も家にいる。ちゃんと七階の窓には明かりがついていた。この上「もしかしたらカモフラージュに電気をつけたまま、どこかに行ったかもしれない」と不安になるのは異常だ。

確かめに行きたい衝動をこらえ、アクセルを踏み込んだ。マンションの前の車寄せから車道に入り、ゆっくりハンドルを切る。

いい加減ストレスも溜まっているだろうが、広也は文句ひとつ言わない。それに反して、俺はどんどん追い詰められた気分になっていた。自分で勝手に。

四月も終わり、だいぶ日が長くなってきたが、今日は雨が降ったりやんだりを繰り返して、まだ四時過ぎなのに周囲は薄暗い。対向車もライトをつけている。

昼からずっと物件案内をして、六時にもう一件アポイントがある。それまで営業所に戻って見込み客に電話営業しようと思っていたのに、いつの間にか習慣になっていたんだろう、気がついたら、俺はマンションの前に車を停めていた。

七階を見上げて明かりがついているのを確認し、それでやっと、俺はおかしい、と本気で思った。

何よりも大事で、心から大切に思っているのに、自分でそれをダメにしている。こんなことをしていたらいつか嫌われると怖《おそ》れて、それで余計に縛りつけておきたくなる。悪循環《あくじゅんかん》だ。

信号で引っ掛かり、ダッシュボードから煙草《たばこ》を出してくわえた。もうずっと吸っていなかったのに、無性に吸いたくなって、今朝コンビニで買った。ニコチンが肺に入ると、気分がほんの少し落ち着いた。

俺は、だいたいのことは自分ひとりで解決できる。

落ち込んでも無理矢理浮上するし、トラブルは力任せになぎ倒していく。それでもほんのたまに、どうしても一人では無理だ、と思うことがある。そんな時には、俺は素直に信用している人に泣きつくことにしていた。それができるのも瀬尾君の強さのひとつよね、と笑ってくれる人に。

三上さんになら、正直に自分の異常な執着心を打ち明けられる気がした。馬鹿なことはやめなさい、と怒ってもらえば、目が覚めるかもしれない。

「入院？」

でも三上さんはいなかった。

行く前に電話してみると、三上さんは不在で、代わりに出た事務の人が、胃潰瘍《いかいよう》で昨日入院したところだ、と病院の場所を教えてくれた。

途中で先輩に連絡したら、俺も行く、と言うので先輩のアパートに寄ってから、病院に向かった。

古い市民病院の内科病棟は、夕食前の時間でざわついていた。

三上さんは、四人部屋のベッドで眠っていた。

「検査でお疲れになったんでしょうね。さっきまでご家族の方が付き添ってらしたんですけど、お帰りになったみたいですよ」

隣のベッドの上品そうな女性が、そう教えてくれた。

潑剌《はつらつ》として元気な三上さんしか知らないから、力なく眠っている様子に俺も先輩もショックを受けた。

結局、寝ているのを起こすのは悪いから、お見舞いだけ置いて帰った。

「胃潰瘍ってさ、そんな怖い病気じゃないよね」

駐車場に出てみると、細かい雨が降り出していた。フロントガラスに雨粒《あまつぶ》がついてモザイクのような模様《もよう》を描いている。

「本当に胃潰瘍ならな」

先輩がぼそりと答えた。

「心配させないように、胃潰瘍って言ってて、あとから実は、って話はよく聞くよな」

「……」

胃潰瘍なんかでこんなに急に入院するもんなんだろうか、と俺も内心で思っていた。不安と心配は、最近の俺のデフォルトの感情だ。それが増幅される。失うことに過敏《かびん》になっている自覚は、嫌というほどあった。

「先輩の彼女さ、あれから連絡あった？」

ワイパーでフロントガラスの霧雨《きりさめ》を払っても、小さいくせにしつこくて、すぐまた視界が滲んでいく。

「いや」

先輩が短く返事をした。その短さに先輩の痛みが伝わって、自分の失言に気がついた。

「ごめん」

無神経なことを聞いた自分に腹が立ったが、最近はいつもこうだ。俺はこんなにも自分勝手で嫌なやつだったのか。

「おまえは？　うまくいってるのか」

俺が悔《く》やんでいるのを察してか、先輩が労《いたわ》るように言った。

「うん、たぶん」

「たぶんって？」

「俺がわがままだから、向こうはいろいろ我慢してると思う」

先輩はシートベルトをしながら少し黙っていた。

「わかってるなら、直せよ」

「うん」

もちろんそうする。

そうできるなら。


先輩をアパートに送ってから、予定通りに仕事を終わらせ、マンションに帰った。

地下駐車場の自動シャッターが開く間、俺は習慣で最上階の窓を見上げた。雨はすっきりと上がり、月明かりに照らされた夜の雲が、建物の上をゆっくりと動いてる。

そしてマンションの一番上の部屋には、電気がついていなかった。

一瞬見間違いかと思ったが、やはり窓は真っ暗だ。

こんなことは初めてで、さっき、一度帰って来た時にはちゃんとついていたのに、と携帯を確かめてみたが、広也からの連絡は入っていない。

嫌な動悸《どうき》がしてくるのを、他人の鼓動《こどう》のように感じながら車を地下に入れ、エレベーターに乗った。

寝てるんだろう。きっとそうだ。

それとも寝室に使っている反対側の部屋で、何かしているのかもしれない。

唐突《とうとつ》に、青白い顔で眠っていた三上さんの顔が目の前にちらついた。おまえはうまくやれよ、とひっそり笑った先輩の顔も思い出した。

足元がぐらついている。こんなことくらいでこんなに動揺するのはおかしいと思うのに、コントロールがきかない。昨日まで元気だった人が、今日は病院のベッドで眠っている。結婚まで考えていた恋人が、ある日突然いなくなる。それはあり得ることなのだ。ごく当たり前に起こることなのだ。

七階について、玄関のインターフォンを鳴らしたが、応答がなかった。不安が現実味を帯びて、足元から這い上ってくる。

「ヒロ?」

玄関に鍵はかかっていなかった。でも真っ暗だ。物音もしない。

電気をつけると、テーブルには二人分の箸と取り皿が用意されていた。キッチンスペースを覗くと、料理本が広げてあって、調味料やボウルがカウンタートップに並んでいる。料理の途中で必要な材料を切らしているのに気がついて調達に出た、そんな雰囲気だ。でも今買物して来るのは俺だし、外には出ないとあれだけ約束しているのに、そんなことくらいで外出するとは考えにくい。

カウンターの上に、広也の携帯が置きっぱなしになっている。すぐ戻るから持って行かなかったのか、持って行くのを忘れるくらい慌てて出かけたのかの、どちらかだろう。焦燥《しょうそう》と不安で頭がぐらぐらする。一番近くのコンビニに行ってみるくらいしか思いつかなかったが、いてもたってもいられなくて、とにかく部屋を出た。

エレベーターのボタンを押そうとした時に、階段のほうから話し声が聞こえてきた。広也の声だ。

慌てて階段から下を覗くと、事務所に使うためにリフォームしていた部屋の前で、広也が作業着の男と話をしていた。

「あ、瀬尾君」

広也が俺に気づき、こっちに背中を向けていた男も振り返った。精悍な顔に無精ひげが特徴的な、あの時の男だ。

「何してるんだ？」

広也の姿を見て安堵したのと同時に、強い疑念が湧き上がった。男は俺を見て嫌な顔をした。

小声で広也に何か言い、頭を下げた。

「いえ、こちらこそ。あれから全然この部屋には入ってなかったので、気がつきませんでした」

どうやら工事の時に何か忘れ物があって取りに来たらしい。男は工具箱のようなものを抱え、俺にも会釈《えしゃく》して帰って行った。

「瀬尾君が睨むから、びっくりしてたよ」

広也は笑って階段を上がってきた。近寄ってくる恋人を、俺は息を止めるようにして見ていた。

「瀬尾君？」

腕をつかんだ瞬間の感情は、自分でも説明がつかない。

怒りとも怖れともつかない激しい気持ちのまま、引きずるようにして広也を部屋に連れ戻した。

「瀬尾君、痛いよ」

「なんで勝手に外に出た？」

突き飛ばすように広也を部屋に入れ、後ろ手でドアを閉めた。

「あの男はヒロを狙ってるって言っただろ」

「え、でも」

「ドアを開けるなって言っただろ！」

声を荒げた俺に、広也はさすがにむっとした顔になった。

「忘れ物を取りに来ただけだよ」

頭では理解できる。俺の言ってることのほうが理不尽だということもわかっている。

「約束しただろ」

でもダメだ。広也がどこかに行ってしまう、もう二度と帰って来ない、そんな強迫観念《きょうはくかんねん》に突き動かされて抗《あらが》えない。

「ヒロは約束しただろ、どこにも行かない、誰にも会わない、俺のことだけが好きだって！」

声が震えていると思ったけど、声だけじゃなかった。がちゃがちゃと音がすると思ったら、手が痙攣するように震えてドアノブが耳障《みみざわ》りな音を立てていた。

「瀬尾君？」

頭の中が変だ。今感じていることが膜を隔《へだ》てているようにぼんやりしている。ある臨界点《りんかいてん》で熱いのか冷たいのかを瞬時に判断できなくなるように、今のリアルな感情が何なのかわからなくなっている。

「瀬尾君」

きつく目を閉じてうつむくと、広也の戸惑った声がして、手がそっと俺の腕に触れた。

「どうしたの？」

その手の感触に、喉元に熱いものがこみあげてきた。

さっき俺は乱暴に広也の腕を引っ張った。ほとんど引きずるようにして、この部屋に連れて来た。それなのに、広也はこんなふうに優しく触れてくる。いつもそうだ。

「ごめん」

こうやって、いったい何回謝っただろう。

「ごめん、俺、おかしいよな」

同じことを何回も繰り返し、そのたびに執着を深めている。

広也が手を離した。

反射的にその手をつかんだ。強く。

「瀬尾君?」

胸に抱き込んだ恋人の身体を抱きしめて、自分の病的な執着を初めて芯から実感した。離したくない。離すくらいなら、とそこまで考えてぞっとした。こんなに大事な人に、いつか暴力を振るうんじゃないかと思ったら、自分が怖くなった。

渾身の努力で、広也を離した。ちょっと頭を冷やしてくる、と言った気がする。

これ以上広也を振り回したり、嫌な思いをさせたりしたくなかった。どこか現実感がないまま部屋を出て、気がつくと、どこに行くという目的もなく、ただ歩いていた。

何も目に入らない状態から、ふっと我に返ったのは、交差点で信号に引っ掛かった時だった。

足を止めて、ここはどこだ、と初めて辺りの景色を確かめた。大型書店やレンタルショップが並ぶ通りで、こんなところまで来てたのか、と少し驚いた。時間の感覚すら抜け落ちている。惰性《だせい》で信号を渡ると、少し先に公園が見えた。低い植え込みをまたぎ越し、大きな木の下のベンチに座った。その時になって、やっと本当に現実感が戻ってきた。

何やってるんだ、俺。

公園の木の間から、銀色に輝く小さな月が見える。ぽかんと一人でしばらくそれを見てた。

きっと今頃、広也が心配してる。

それとも今度こそ呆れて怒ってるかもしれない。ごそごそスーツから携帯を出した。都合のいい期待をしたけど、着信履歴に広也の名前はなかった。やっぱり怒ってるよな、と弱気になりながら、広也にかけてみた。

頼むから出てくれ、と祈りながらコール音を聞いた。でも出てくれない。

その時、聞き慣れた着信音がすぐそばで鳴っているのに気がついた。これは広也が使っている携帯の着信音だ。

「…え？」

俺の座ってるベンチの横の木に、広也がもたれるようにして立っていた。腕組みをした手に、携帯を持っている。

「ひ、ヒロ」

びっくりして立ち上がると、広也は心底呆れた顔で俺を見た。

「今気づいたの？」

「う、うん」

「ずっと君の後ろついて歩いてたんだよ？」

「……」

広也は携帯をスライドさせて着信を切った。公園の前の道路を車が通るたび、周囲が明るくなったり暗くなったりする。

「ご、――ごめん」

「ごめんって、何に対して謝ってるの？」

広也は腕組みをしたまま、ため息をついた。

「どうせ僕に外に出るなって言ったこととか、変なヤキモチ焼いたこととかを悪いと思ってるんでしょ？　僕は今怒ってるけど、そんなことで怒ってるんじゃないよ。何回も言ったけど、それで瀬尾君の気が済むんなら、僕はどこにも行かない。そんなの慣れてるしね」

広也は腕組みを解《と》いて、よりかかっていた木から、まっすぐ身体を起こした。

「なんで僕が怒ってるか、わかる？」

聞かれて、答えに詰まった。

「わからないよね。だって瀬尾君、最近僕のことなんか全然見てなかったもん。何を話しかけても上《うわ》の空《そら》だし。あのね、僕はそれを怒ってるんだ」

広也は唇を尖らせるようにして文句を言った。

「前、仕事の途中で僕を見つけたって言ってたよね。車の中で、お客さん乗せてたけど、僕がふらふら歩いてるの見たって。すごく嬉しかったんだよ。でも今は後ろ歩いてても気づいてくれないんだもん。怒るよ」

ちょっと拗《す》ねたように言いながら、広也は俺のそばに来て、ぽんとベンチに座った。反論の余地もなくて突っ立っていると、俺のスーツの裾を引っ張るので、俺も座った。

隣に広也がいるのが、不思議だった。

一人で勝手に心配したり焦《あせ》ったり自己嫌悪《じこけんお》に陥ったりして、必死でぐるぐる同じところを回っていたけど、気がついたら、広也はちゃんと隣にいてくれていた。

「雨、やんだねえ」

広也がのんびりと言った。いつもと変わらないその声に、ぐっときた。何があっても大丈夫、僕は離れて行ったりしない、と態度で示してくれているのだ。

夕方降った雨のせいで、滑り台の前のくぼみに水が溜まっている。車のヘッドライトを反射して、ゆらゆらと光っているのを、二人でしばらく眺めていた。

「どうしたら、瀬尾君は心配しなくなるのかなあ？」

質問というより、困っていることを打ち明けるように広也が言った。

「俺にも、わからない。ヒロがいなくなったらどうしようって、そればっかり考えてるんだ。自分でも嫌になるくらい」

「僕はそんな心配全然しないけどな」

「そりゃ、俺はどっか行けって言われたってヒロから離れねえもん」

「それは僕も同じだけど、そう言ったって瀬尾君は信じないんでしょ?」

そのとおり。これは俺の心の問題だ。話をしても解決しない種類のことだとちゃんとわかっていて、広也は後ろに手をついて、空を見上げた。

「すごいね、月」

銀色の月が、空を群青色《ぐんじょういろ》に染めている。

「あのさ、せっかくだからちょっと出かけない?」

広也がいいことを思いついた、というように声を弾ませた。

「川に行こうよ」

6

きい、と耳障りな音を立てて、スチールのドアが開いた。

空き家独特の淀《よど》んだ空気に、埃《ほこり》の匂いがする。

「靴のままでいいよ」

広也がそう言って、先に中に入って行った。

マンションによくある間取りで、玄関から廊下《ろうか》をまっすぐ行くと、突き当たりがリビングダイニングになっている。がらんとした空間は、大きなベランダの窓から入ってくる外明かりで充分視界が利いた。

「ずっとここだけ賃貸《ちんたい》に出さなかったんだよね。もうしばらくほったらかしで、風も入れてなかった」

広也は言いながら、フローリングの床にひざを抱えて座った。

俺が監禁されてた時、二人で川沿いの道を散歩したことがあった。その時に、子どもの頃、あそこで母親と二人で暮らしてたんだよ、と川向こうのマンションを指差して教えてくれた。今、そこにいる。あの時は知らなかったけど、このマンションも今は広也の管理物件らしい。

「ずっと、一回行ってみたいなって思ってたんだけど、きっかけなくて。…よく、そこのベランダでシャボン玉作って遊んだなあ。あんまり外に出してくれなかったから、ベランダが好きだったんだよね」

言いながら、広也は懐《なつ》かしそうに辺りを見回した。

広也の横に腰を下ろすと、同じ目線でベランダから外が見えた。さっき公園で見た月が、大きく輝いている。

「お母さん、なんでヒロを外に出さなかったのかな」

「さあ。でもたぶん、人の目がわずらわしかったんじゃないかな。愛人だったから、普通の奥さんたちとつき合うのは難しかっただろうし。今なら気持ち、少しわかるけどね」

特に感傷的な様子もなく、広也は淡々としている。

「そんなに家の中ばっかりいたのか？」

「うん。幼稚園は行ってたけど、でも友達作っちゃいけなかったし。僕が家で大人しくしてれば満足、って感じだったんだよね。あれ、今と同じだ」

初めて気づいたように、広也が目を丸くした。俺もちょっとどきっとした。いつも同じようなことがついて回るのは、ただの偶然なんだろうか。

「でも、おかげで閉じこもるのには耐性ついてるから、瀬尾君のお願い聞いてあげられるわけだし。今頃感謝だね」

広也はそう言ってにっこりした。

「ヒロは、俺をまた閉じ込めたいって思ったりしない？」

ふと思いついて聞いたが、広也は首を振った。

「もう気が済んだんだと思う。あの時も瀬尾君、ちゃんと僕のところに戻って来てくれたもん。だから今度は僕の番ね。君の気が済むまで、ずっとどこにも行かないでいるよ」

「…でも俺は、一生気が済まないかも」

広也を束縛しても、結局自分も苦しいだけなのに。

「いいよ。だって、結婚って一生の約束だもんね？」

広也がくすっと笑って言った。

「瀬尾君が指輪をくれたときに、結婚してって言ったよね。あれ、僕は本気にしてるんだ」

広也が俺の手を持ち上げて、指輪に触れた。

「俺だって本気だよ」

「ほんと？」

広也が俺のほうを向いた。暗いけど、きゅっと目が細くなってて、笑っているのが見える。なんだか泣きたいような気分になった。

「俺はいつでも本気だ。本気すぎて、自分で自分の本気に困ってるんだ」

馬鹿馬鹿しい告白に、白分で笑えた。でも広也は笑ったりしなかった。

「なんかよくわかんないけど、瀬尾君がものすごく僕のことが好きなんだなっていうのはわかるよ。わかるし、嬉しい」

広也は首のネックチェーンを外した。

「やっぱり、指輪は指にしないとダメだよね」

チェーンから外し、はい、と俺の手のひらにリングを乗せた。

「もう一回、嵌めて」

シンプルな、細いリング。これを選ぶのに、一時間迷った。ショーケースの上にいっぱい並べて悩んでいたら、販売員のお姉さんがしみじみと「こんなに考えてもらって、お相手の方はお幸せですね」と言っていたのを思い出した。

あの時の俺は、広也を絶対に幸せにする、と自信を持って言えたのに。

「俺はヒロを幸せにできるのかな？」

「できるよ」

思わず言ったら、即答された。あまりの早さとその軽さに、なんだかびっくりした。

「はい、嵌めて」

差し出された手を左手で支え、俺は広也の指にリングを嵌めた。ゆっくり、気持ちをこめて。あの時の気持ちを蘇《よみがえ》らせるように。

「ありがとう」

広也は満足そうに手をかざして眺めた。月明かりに、シルバーのリングが光っている。

「もう外さないね」

こんなに純粋に愛してくれる人を、俺はどうやったらうまく愛せるんだろう。

広也は俺にいろんなものをくれるのに、俺は馬鹿みたいに束縛するしか能がない。そんなのは愛じゃない。愛っていうのは、もっと特別な、もっと深い、もっと濃い……

「なんか、眠くなってきたなあ」

ふあ、と広也があくびをした。

「久しぶりに外に出て、いっぱい歩いたからかな」

眠そうな声で言って、広也が俺の肩にもたれてきた。

「寝ていいよ」

「うん…」

壁に背中をあずけ、身体を安定させて広也を支えた。恋人の体温が肩に伝わってくる。優しい、ほっとする温かさだ。

しばらくして、すう、と耳元で寝息がして、広也は本当に眠ってしまった。安らかな広也の様子に、俺も少し眠くなってきた。最近いろいろ考え込むことが多くて、少し睡眠不足だった。

広也の手を取って、両手で包んだ。俺と同じ指輪をした手。

……いつの間にか、うとうととして、夢を見ていた。

久しぶりの夢。九歳の夏からよく見るあの夢だ。

息苦しい箱の中、腐《くさ》った野菜とべたべたする紙コップ、早くここから出して欲しい、だけど泣くことしかできない。

ああ、あの夢だな、とわかってる俺と、出して、助けて、と泣いている俺が同時にいる。ふわふわした実体のない暗がりはどこまでも続き、俺は明るいところに出ようと辺りを見回した。

小さな丸いものがふわりと目の前に現れ、よく見るとシャボン玉だった。小さなシャボン玉は次から次に現れて、見上げると、ベランダからシャボン玉を飛ばしている男の子がいる。広也だ。はるか頭上《ずじょう》にいる広也を大声で呼んだ。瀬尾君、と広也も呼んでいる。ベランダの柵《さく》から身を乗り出して、小さな広也が俺のほうに手を差し出している。

「ヒロ」

一緒に逃げよう。こんな暗いところじゃない、もっと明るい、もっと広い世界に一緒に行こう。

俺が連れて行く。

強く思ったのと同時に、広也が柵を乗り越えた。

「ヒロ！」

何のためらいもなく、広也はベランダから飛び降りた。俺を信じて。スローモーションのように広也が落ちてくる。黒髪がふわっと広がり、両手を広げ、落ちてくる。夢の中で、必死で走った。絶対に受け止める。そして一緒にここから出て行く。絶対だ。俺は広也を愛している。全身に満ちてくる力に、自分で圧倒された。こんなに愛で満ちている。俺は広也を愛している。

「ヒロ！」

「瀬尾君」

はっと目を見開くと、広也がすぐそこで、目を丸くして俺を見ていた。

「ヒロ」

「…眠ってたね」

俺たちは床に寝転んでいた。腕枕をするみたいに、俺は広也を抱き込んでいた。まだ心臓がどきどきしている。俺はぎゅっと広也を抱きしめた。

「夢を見たよ。瀬尾君の夢」

まだ半分夢をみているように、広也がぼんやりした口調で言った。

「俺もだ。小さい頃のヒロの夢」

落ちてくる広也を受け止めた感触が、まだ生々しく残っている。

広也もぎゅっと俺に抱きついてきて、心臓がものすごい速さで動いているのがわかった。

広也が何か聞きたそうな顔で俺を見ている。一緒に逃げよう、ここから出よう、…同じ夢を見てたのか？

「ヒロ、――愛してる」

その言葉が、ごく当たり前みたいにぽろりと出てきた。

いつ言えるようになるだろう、どうしたら言えるようになるのかな、とずっと考えていたけど、びっくりするほど自然にこぼれ出た。広也は少し目を見開き、それから口元をほころばせた。

「僕も」

「……」

広也は俺を信じてくれてる。夢の中で、迷うこともせず飛び降りてきた広也のシルエットが目に浮かび、とたんにあの時のゆるぎない自分の気持ちが蘇った。

「俺、ちゃんと広也を愛してる」

「知ってるよ？」

広也がおかしそうに言った。

「愛されてるなあって、いつも思ってるもん。もう充分、愛されてる。毎日、すごい幸せ」

「……」

何かがわかる時、というのは一瞬だ。大事なことほど一瞬だ。

今、広也が「充分愛されてる」と言った時に、閃《ひらめ》くようにわかってしまった。

そんな特別な言葉じゃない。

むしろごくありふれた、使い慣れた日用品のような一言だ。

それなのに、その一言がきっかけで、世界がくるりと目の前でひっくり返った。鮮やかに。一瞬で。

もう愛されてる。充分。愛されてる。

いつか俺もそう思った。広也に包まれて、愛されてるなあって。

なんで気がつかなかったんだろう？

循環していれば、その愛は本物なんだ。そういう法則なんだ。受け取って、返してくれれば、その時、本物になる。

こんなに簡単で、こんなに単純なことだったんだ。

「——はは」

おかしくて、嬉しくて、思わず笑った。広也を乱暴に引き寄せて、そのまま後ろにひっくり返った。広也がびっくりしてしがみついてくる。

「ヒロを愛してる」

「僕もだよ？」

「そうだよな」

俺が広也を愛していて、広也がちゃんとそれを受け取って、また返してくれる。俺も思ってた。愛されてるって。循環するたびに大きく深くなっていくなら本物だ。だから何も心配しなくていい。俺は広也を幸せにできる。だって俺がこんなに幸せなんだから。

広也を抱いたままごろりと転がると、広也も一緒にくっついて転がった。一回転したら、わあ、と子どもみたいな声を上げて喜んでいる。上になった広也が弾みをつけて、今度は逆方向に転がった。

「あはは」

小さい子みたいに喜んでいるのが可愛くて、一緒にごろごろ転がった。

「あー、目が回った」

部屋の端っこまで転がって、はあはあ言いながら広也が俺の上で身体を起こして笑っている。

「ヒロ」

手を伸ばして頬に触れると、広也は少し真面目な目になった。

「愛してる」

広也がいなくなるんじゃないかという強迫観念みたいな怖れは、俺が自分の愛を信じてなかったからだ。こんなのは違う、これは本物じゃない、そんなふうにずっと疑っていた。でももう大丈夫だ。

俺は広也をちゃんと愛している。愛せている。広也がそれを感じてくれてるから。

俺を上から見つめていた広也が、俺の肩の横に手をついて、身体をかがめてきた。何回か軽いキスをして、それから舌が唇を割ってくる。

目を閉じて、広也の舌を味わった。

濡れた温かな塊《かたまり》を吸うと、優しく応えてくれる。他の誰ともこんなキスはできない。

広也の手が俺の手を探して、指を絡めてきた。

欲情からじゃなく、ただ広也の身体を触りたくて、シャツの裾から手を入れた。なめらかな背中の感触が手のひらから伝わり、広也が唇を離してため息をついた。柔らかな吐息に、湧き上がるように愛おしさが溢《あふ》れてくる。

唇が離れたのが惜しくて、広也の頬を挟んで息を吸い取るように唇を合わせた。

「ふ、……ん、…」

キスが止められない。広也も息継ぎするみたいに唇が離れるたびに俺の肩にすがって、すぐにまた求めてくる。いつもみたいな濃厚な愛撫の代わりに、ひたすらキスを続けた。

何度か上下の位置を変えているうちに服が乱れ、直接肌に触れたくて手で互いの身体を探り合った。快感を追うことよりも、今はただ広也を全身で確かめたい。

キスしていないと物足りなくて、ほんの短い呼吸の合間に慌ただしく服を脱ぎ、すぐまたキスをした。

「しよう?」

広也が耳元で囁いた。ジーンズにシャツの簡単な服装だったから、広也はすぐに全部脱いでしまい、俺のシャツの前を開けて、素肌を重ねようとしている。掬《すく》うように抱きしめて、肌を密着させた。

こんなに自然なセックスは初めてだった。何ひとつ違和感や抵抗がなく、気がついたら広也の身体の中に入っていた。広也の足が俺の腰を挟みつけ、それから後ろでクロスした。さらに深く恋人の身体と交わり、夢中で広也を抱きしめた。

快感は後回しで、ただ可能な限り一体感を味わいたかった。唇を合わせると、生き物のように舌が絡んでくる。

「ん…、…っ、は…」

広也の濃厚なキスに、快感が鮮明になった。我慢しきれずに腰を使うと、抱きしめた広也の身体がびくりと震え、こらえきれないように俺の動きに合わせてきた。

一度感じてしまったらもう止められず、一緒に高みに駆け上がった。痺れるような快感に、広也が声を上げてしがみついてくる。受け止めながら、俺も広也に受け止めてもらっている。

「……っ、あ、あ…」

嵐のような一瞬のあと、風が凪《な》ぎ、ゆっくりと緊張が解けていった。

互いの荒い呼吸を聞きながら、手を握った。俺の左手と、広也の左手。

窓からの月の光が指輪を光らせて、とても綺麗だった。

7

「やっぱりあいつは危険だ。危険すぎる」

ぶつぶつ言ってる俺の横を、広也は澄ました顔で通り過ぎた。広也の持っているコンビニの袋には、スポーツドリンクや清涼飲料水が入っている。工事の人たちへの差し入れだ。

「ちょっと待て。それは俺が持って行く」

「そう？　じゃあお願い」

広也はすんなり俺に袋を渡して、自分はパソコンの前に座った。画面には俺の理解できない数字がぎっしり並んでいて、そこに収益率とか、概算損益とかの文字が赤くなったり青くなったりして躍っている。

仕事モードになると、広也はこの上なく合理主義で、することなすことに無駄《むだ》がない。家から出ないでくれ、という俺の馬鹿なお願いが解除になると、さっさと計画していたビジネスプランを実行に移し始めた。

俺が玄関を出るときに携帯が鳴って、広也が「うん、明日から事務所開けるから、直接来てくれる?」と話しているのが聞こえた。相手はたぶん、先週採用したというバイトの男だ。履歴書をチラ見したけど、渋い感じの男前で、なんで男と二人きりで仕事するんだ、と文句を言ったら、広也は、

「あのね瀬尾君。人類には男と女の二種類しかいなくて、世間では男女二人きりの組み合わせのほうが、より危ないとされてるんだよ。今のところアシスタントは一人で充分だし、だから女性は採用しにくいの」

と冷静そのもので反論した。そのとおりだとわかってはいるけど、感情的に納得するのは難しい。病的な心配は手放したけど、健全な嫉妬は今もする。当然だ、こんな上等の恋人を持ってるんだから。

「お疲れ様です」

この男にしてもそうだ、と俺は忌々《いまいま》しい思いで作業着の男に声をかけた。

「あ、どうも」

みなさんでどうぞ、と工具が並んだ作業台に冷えたドリンクを置くと、例の無精ひげの男は、なんだアンタか、と露骨《ろこつ》にがっかりした顔をした。

「安藤《あんどう》さんに、あとで確認してもらいたいところがあるんですがね」

「私が代わりにうかがいましょう」

俺は反対したんだけど、広也は「前の工事も丁寧《ていねい》だったから」と追加のリフォーム工事を、またこの工務店に発注した。

他の作業員はめいめい飲み物に手を出して、なごやかに休憩《きゅうけい》しているのに、この男だけはわざわざ俺のそばまで来て、からんでくる。

「安藤さん、いるんでしょう？　やっぱり、施工主さんに了解とらないといけませんから、来て欲しいんですがね」

「じゃあ一緒に見に来ますよ」

手を出すんじゃねえぞ、と睨んだが、どうも俺の威嚇に慣れてきたと見え、全然懲《こ》りる様子がない。

「お願いします。…しかしまあ、ヨメがあんまり別嬪《べっぴん》だと、それはそれで苦労だよな」

俺が上に戻ろうとしたら、苦笑混じりの独り言で、そんなことを言ってるのが聞こえた。

「余計なお世話だ」

「うは、聞こえました？」

どうも半分俺をからかって遊んでいる気がするが、用心するにこしたことはない。

「あとで一緒に来ますので」

一緒に、のところを強調して部屋に戻った。

「あれっ」

階段を上がって、思わず声が出た。先輩だ。

「よう」

ちょうどインターフォンを押そうとしていたところみたいで、先輩も階段を上がってきた俺にちょっと驚いた顔をした。

「悪いな、急に」

先輩とは三上さんのお見舞いに行って以来だった。ブルーの作業着姿で、少し見ない間に日焼けして、健康そうだ。

「俺、最近就職してな、この近くの現場に入ってるんだよ」

言いながら、デパートの紙袋を俺に差し出した。のし紙のついた箱が入っている。

「快気《かいき》祝い？」

「昨日、三上さんとこに就職できたって報告に行ったんだ。そしたらおまえに郵送するつもりだって言うから、もらってきた」

退院できた、という連絡だけは俺ももらっていて、あの時先輩と想像したような悪い病気ではなくて、とりあえずほっとしていた。

「俺、電話で話しただけなんだ。元気だった？」

「うん。つか、前より太ってパワーアップしてたぞ。ナントカ菌ってのを除去したら、食っても胃痛がしなくなったんだと」

そう言う先輩も元気そうだ。

「ま、いつまでも凹んでたってしゃあねぇんしな」

俺がそう言うと、肩を竦めて笑った。

入ってよ、と玄関を開けたが、これから仕事だから、と先輩は首を振った。

「そのうち三上さんの快気祝いやるから、おまえも来いよ。彼氏も一緒に」

「うん」

「じゃあな。彼氏によろしく」

先輩がエレベーターに乗るのとほぼ同時に、広也が「瀬尾君？」と出て来た。

「間宮さんが来たよ。今、オートロック開けた」

「もう帰ったよ、仕事だって」

「えー、そうなんだ。ちょうどコーヒー淹《い》れたとこだから、いいタイミングだと思ってたのに」

残念そうに言う広也のあとから部屋に入ると、コーヒーのいい匂いが漂《ただよ》ってくる。

「昨日のガトーショコラ、まだ残ってるんだけど、食べる？」

「食う食う」

昨日、甘いものが食べたくなった、と言って広也はせっせと卵白を泡立てていた。焼きたてもうまいが、ガトーショコラは時間が経つと、さらにうまくなる。

「いただきます」

もう習慣になって、テーブルにつくと自然に手を合わせた。しっとりと甘いケーキに、フレンチプレスの濃いめのコーヒー。

「おいしいね」

一口食べて、広也が満足そうににっこりした。俺の恋人はとても綺麗だ。見たら誰でも欲しくなるほど。

だけどもう大丈夫。誰も広也をさらっていけない。

俺が愛で包んでいるから。

あとがき

　ずいぶん前に雑誌に掲載していただいた話を、本にしてもらえることになりました。

　これもひとえに、掲載時に応援してくださった方のおかげだと感謝しております。

　ありがとうございました……！


　雑誌に掲載してもらえると、アンケートのコメントのコピーをもらえることがあるのですが、これをいただきますと、我ながらしつこいと思いつつ、嬉しくて何回も何回も読んでしまいます。

　なので、今回本にしてくださるというお話をいただいたときに、後半を変えたいと思ったのですが、コメントで「安藤が瀬尾を喫茶店で待つシーンが好き」と書いてくださった方がいらっしゃったことを思い出し、躊躇してしまいました。

　結局そのシーンは削ってしまったのですが、もしも覚えていらっしゃるかたがおられましたら、申し訳ありませんでした。

　そのぶん続編を甘くしたつもりですので、楽しんでいただけましたら嬉しいです。

　雑誌のときから綺麗なイラストをつけてくださいました高峰先生、お忙しい中ありがとうございました。私は楽しみは最後までとっておきたいほうなので、イラストはいつも本ができあがってから拝見し、「おお～！」となります。あとがきで充分お礼が書けない失礼をお許しください。

また担当さまをはじめ、ご協力くださいましたみなさまにお礼申し上げます。いつもありがとうございます。

そして何より、私の拙い話を読んでくださる読者の方に深く深く感謝いたします。
本当にありがとうございました。
またどこかでお目にかかることがあると嬉しいのですが。
その折には、どうぞよろしくお願いいたします。

吉田ナツ

初出一覧

Home, sweet home.　／小説 b-Boy '08年7月号(リブレ出版刊)掲載

※単行本収録にあたり、大幅に加筆修正いたしました。

Love is　／書き下ろし

B-PRINCE文庫をお買い上げいただきありがとうございます。
先生へのファンレターはこちらにお送りください。
〒162-0825　東京都新宿区神楽坂6-46　ローベル神楽坂ビル4階
リブレ出版(株)内　編集部

B♥PRINCE
http://b-prince.com

Home《ホーム》,sweet《スイート》 home《ホーム》.

発行　2010年3月8日　初版発行

著者｜吉田ナツ

発行者｜髙野 潔
出版企画・編集｜リブレ出版株式会社
発行所｜株式会社アスキー・メディアワークス
〒160-8326　東京都新宿区西新宿4-34-7
☎03-6866-7323（編集）
発売元｜株式会社角川グループパブリッシング
〒102-8177　東京都千代田区富士見2-13-3
☎03-3238-8605（営業）
印刷・製本｜株式会社暁印刷

Printed in Japan
ISBN978-4-04-868391-3 C0193